魔鬼海盗

The Ghost Pirates

［英］威廉·霍奇森——著
肖惠荣——译

上海文艺出版社
上海故事会文化传媒有限公司

编委会

总策划 夏一鸣

主　编 黄禄善

副主编 高　健

编辑成员（按姓氏拼音为序）

蔡美凤　高　健　洪圣兰　胡　捷

黄禄善　吴　艳　夏一鸣　杨怡君　朱崟滢

名家导读

/陈俊松

陈俊松，男，上海外国语大学文学博士，复旦大学外国语言文学博士后，现为华东师范大学外语学院副教授，主要从事当代美国文学、二十世纪西方文论、比较文学、叙事学等方面的研究。

威廉·霍奇森，英国作家，以描写超自然力量、灵异现象为长。其最著名的作品是"幽灵三部曲"：《"格伦·卡里格"号帆船》(1907)、《边陲幽屋》(1908)和《魔鬼海盗》(1909)。

霍奇森1877年出生在英格兰埃塞克斯郡，父亲是英国圣公会的一个牧师，经常被派遣到遥远的戈尔韦湾，那里有崎岖的爱尔兰西海岸，儿时的威廉从小产生了对大海的热爱和向往。十三岁时，他就背着家人悄悄出海，虽被及时发现并追回，但当水手的念头从此让他矢志不忘。终于到了1891年，他如愿以偿地在一艘商船上开始了自己的航海生涯。见习期满之后，他到利物浦一家技校读了两年书，不久即取得"三副"的资格，又重新出海。他先后随船绕地球三周，饱经风霜和危险。长期的海上航行为他日后的文学创作积累了丰富的素材。1902年，霍奇森回到了陆地，在经过了数次创业失败之后，他决定创作灵异小说。他的第一篇公开发表的灵异小说是《回归线上的恐怖》，该文刊登在1905年6月的《宏大杂志》。从此，他的短篇灵异小说源源不断地见诸报刊，其中包括脍炙人口的《夜之声》(1907)。

虽然并不是所有关于海上生活的作品都是灵异故事，霍奇森的描写还是令人不禁相信在那世界的未知彼端和广阔波澜的海浪下，一定隐藏着什么不为人知的奇异力量。他的故事中经常包含着"变形异种生物"的身影：《夜之声》中的真菌、《被弃者》中古老船只没入的奇异有机体、《"格伦·卡里格"号帆船》中在海藻满溢的环境中生存的未知生命体，以及《魔鬼海盗》中那亦真亦幻、拥有巨大力量的邪恶人形幻影。而对这些怪异力量的发掘，霍奇森又常常试图以一种科学而严谨的口吻去加以阐释，使他的故事显得真实可信。当故事末尾没有出现令人信服和满意的答案，这时"超自然力量"便不失为一个有趣且合理的选择。这一点在《幽灵侦探》(1913)中体现得最为明显。该书第一次把超自然邪恶势力引入侦探小说，创造了一种全新的小说文体——超自然侦探小说。后来的西方著名超自然主义侦探小说家，如杰拉尔德·芬德勒、萨克斯·罗默、弗格斯·休姆等，都从威廉·霍奇森那里深受启发。他们的作品与阿加莎·克里斯蒂等人的直觉主义侦探小说彼此呼应，共同催生了西方古典侦探小说的黄金时代。

在人生的最后十年里，霍奇森开始全职写作。为了谋生，他不得不追求多产。较长篇幅的小说淡出了，更为精简的短篇故事成了主角，而在这些作品中灵异故事鲜有出现。他创作晚期的作品被结为两集出版：《斯特朗一家的好运》和《高尔特队长》。在他去世后，他的两部诗集和另外一些作品陆续得以问世。尽管霍奇森生前在评论界没有受到应有的关注，他的作品仍旧搭建了十九世纪超自然恐怖故事和二十世纪科幻奇幻小说之间不可或缺的桥梁。

霍奇森的文风清奇峻丽，总能挖掘出平静日常表面之下的暗流涌动。很少有人能同他一样，仅仅通过一些随意的暗示和看起来无足轻重的细节描写，就能够准确地勾勒出那些说不出名字的怪物的轮廓，以及它们阴森出没时不同寻常的恐怖场景。他对气氛的渲染总是如此到位，像恐怖片的经典前奏曲一样，让人揪心得只能捂上眼睛，可又忍不住在指间留出的缝隙里偷看究竟发生了什么。

作为霍奇森最负盛名的作品之一，在《魔鬼海盗》中，他仍旧没有正面描写所谓的可怕怪物到底是什么。但他却利用人物、环境等侧面描写，烘托了怪物出现时的恐怖场景，每一次怪物出现都会制造比之前一次更加严重的情况，从而一环扣一环，氛围越来越恐怖。更何况船上这样封闭而狭小的空间本身就会让人不自觉产生异样的感觉。当然，比起制造杀戮的怪物，人类或许才是这场悲剧的始作俑者。在威胁初现端倪时，船长和高级船员不约而同地认为船员的话是无中生有，还为此起了争执，陆续解雇了几人。在这里我们不难猜测，正是由于霍奇森长达数年在商船上工作的经历，才让他对商船上森严而教

3

条的等级制度深恶痛绝，从而详细地写进故事里，来让怪物彻底毁灭掉如此麻木的一艘船。

美国著名的科幻与奇幻小说家霍华德·菲利普·洛夫克拉夫特曾经评价道："(《魔鬼海盗》)采用一种有力的口吻描写了这艘被亡灵纠缠的船只的最后一次航行，被可怕的'海上恶魔'（像是半人类，也像是已经死去船员的鬼魂）包围并最终将它拖入了未知的宿命里。这本书包含着霍奇森对于海上生活的深刻见解，也带着他精挑细选之下那些透露着自然界可怕一面的暗示，从而使它拥有了令人羡慕的力量。"

阅读《魔鬼海盗》的过程将会是一次惊险刺激又轻松愉快的旅程。其故事情节紧凑，环环相扣，当我们第一次目睹怪物出现时的模糊身影，便忍不住一直追逐下去，想要看看它到底是什么。同时，我们也会好奇地追问"摩彻斯特斯"号最后的命运究竟如何。这便是霍奇森文字的魅力，他的语言准确凝练，讲起故事来绝不拖泥带水，高潮部分悬念迭起，即使故事的末尾并没有局外人看似合情合理的解释，但其阴森狡诈的画面却留在我们心里久久不能忘却。

于是，我们揣着"萨安吉尔"号船员签名的声明书离开了这个现实世界。祝愿旅途愉快 (Bon voyage)！

Contents

海上幻影　1

学徒塔米看到了什么　9

主桅上的那个人　15

玩弄船帆　27

威廉姆斯的末日　41

掌舵另有其人　57

薄雾迷蒙　69

雾起之后　80

呼救的人　96

邪恶的手　114

搜救斯塔宾斯　122

协商会议　142

海中暗影　154

幽灵船　161

巨型幽灵船　178

幽灵海盗　191

沉默的船　198

海上幻影

他直奔正题。

我是在旧金山成了"摩彻斯特斯"号上的一员。在签约之前,我对发生在这艘船上的一些奇闻轶事有所耳闻,可我几乎身无分文,又想赶紧离开那儿,也就顾不上这些细枝末节了。况且,综合来看,在"摩彻斯特斯"号上干活,饭食待遇都挺不错,这正好解了我的燃眉之急。我曾向别人打听过,"摩彻斯特斯"号上究竟发生过哪些怪事,可他们都没办法说出个所以然来。他们能提供给我的,无非是这船不走运,航程冗长且伴随着轰隆隆的噪音,途中天气糟糕之类的说法。还有就是,曾有两次船上的桅杆被风刮走了,连船上的货物也被风吹得挪动了位置。除此之外，就是一大堆任何船只都可能但又不愿意碰到的麻烦事。但这些事对我来说算不上什么稀奇，为了回家，我倒愿意冒险一试，当然，要是我还能有另一种选择，我情愿搭乘另一艘船返回家乡。

我一放下行李，就见到了其他已经签约的船员。你瞧，船刚驶入旧金山港，船员们便如那倦鸟归巢，一哄而散，只剩下一位年轻人，这个"伦敦佬"随船滞留在港口。我们混熟后，他告诉我他打算留在"摩彻斯特斯"号上再赚点钱，至于别人愿不愿意这样做，他才不管。

上船后的第一天晚上，我就发现大家都在交头接耳，争相谈论，都认为这艘船有些诡异。他们谈到"这艘船"时就好像这是一个普遍认可的事实——这艘船上有幽灵出没，但他们又都将这当作一个玩笑。所有人都这样，或者更准确地说，只有那个年轻的伦敦佬威廉姆斯除外。威廉姆斯并不觉得关于这艘船的笑话有任何可笑之处，相反，他似乎信以为真。

这使我百思不得其解，不禁猜想，我听到的那些模糊不清的故事中，究竟有没有隐含着一些真相，于是我一逮住机会就向威廉姆斯发问，逼着他就这艘船的传闻说出个子丑寅卯来。

起初，他不太愿意谈及此事，但现在他心回意转。他对我说，他并不清楚我想知道的那些灵异之事。如果你把所有的事情从头捋一遍，让你左思右想的将是许多不太起眼的小事。比如说"摩彻斯特斯"号航程总是如此之长，途中天气又总是很糟糕，还有就是经常遇到零级风、逆风。接着，奇特的事情发生了，头天晚上他亲眼所见的堆放整齐的船帆，到第二天总被风吹得七零八落，他随后说的那件事吓了我一大跳。

"船上有太多让人讨厌、令人紧张兮兮的暗影，我在别处从未见过。"

他脱口而出，统统说了出来，我扭过身去看着他。

"太多的暗影？"我说，"你究竟是什么意思？"但他拒绝回答，也不想做进一步的解释。我问他时，他只是一个劲傻傻地摇着头，他好像突然闷闷不乐起来。我当时认为他那是在故意装傻，但现在想来，实际情况是，他有点尴尬，后悔自己嘴快舌长，把对"暗影"的看法都给抖了出来。他是那种敏思慎言的人。不管怎样，我看再问下去也没什么用了，就将这件事搁在一边。但在接下来的几天里，我还是一直想着这事，仍会不时猜想他所说的"暗影"到底指什么。

第二天，我们驶离了旧金山，离开时微风和畅，这似乎有点颠覆了大家对"摩彻斯特斯"号厄运连连的看法，就像我曾经听说的那样。但是……

他犹豫了一小会儿，接着又说了起来。

在海上的头几周里，没什么特别的事发生，风向一直很顺。我开始认为自己相当幸运，竟然登上了这艘轮船。其他船员大多在说这艘船的好话，船员中越来越多的人认为说这艘船有鬼魂出没纯属无稽之谈。然而，正当我开始对周围的事物越来越习以为常时，发生了一件让我瞠目结舌的事情。

轮到了八点至十二点的班。我坐在右舷台阶上，台阶上面就是首楼顶。当晚月朗风清，我听见船尾的计时员敲了四下钟，一个负责瞭望的老人贾斯凯特应和了计时员一声。当他松开钟绳时，一眼看见我无声无息地坐在那里吞云吐雾。他倚着舷栏，低头看着我问："是你吗，杰索普？"

"是的。"我答道。

"如果天气一直这么好，我们就可以把家里的祖母和其他女眷都带到海上来。"他一副若有所思的样子，一边说一边还用手挥舞着烟管，对着平静的海面与静谧的夜空画了一下。我想不到任何理由来反对他的观点，他又接着说："如果说这艘旧船真像有些人想当然的那样，有鬼魂出没的话，我倒想说，遇上这样的好船真是三生有幸，希望这样的好运以后还能再有。伙食好，每到周日还能吃到水果干布丁，船上的人举止得体，一切都那么安闲自在，这些你一定也能体会得出来。至于船上有鬼魂什么的，那纯粹是一派胡言。我以前碰过很多据说闹鬼的船只，的确有很多这样的船只，但从没有人说过有女鬼。我以前曾碰到一艘船，糟糕到你在下面当班时连个盹都不行，只有在值完班后才能在铺位上美美地睡上一觉。有时……"

这时，一位二等水手来换班了，他顺着梯子爬上首楼顶。老贾斯凯特转过身去问他为什么不快一点来换班。二等水手回答了一声，至于回答了什么，我没听到。突然，我睡眼蒙眬地瞥见船尾冒出一个奇形怪状的东西。仿佛是人形怪兽，翻过右舷栏杆和船尾的绳索，蹿上了甲板。我不由得站了起来，抓住楼梯扶手，紧紧地盯着它。

有人在我身后开口说话了。原来是贾斯凯特，他已从首楼顶上走了下来，正准备到船尾去向二副报告跟他换班的船员的名字。

"那是什么，老兄？"他看见我目不转睛，好奇地问道。

那东西，不管它是什么，此刻已在甲板背风面的阴影中销声匿迹。

"没什么！"我立刻答道。因为我对自己所看到的东西一头雾水，也就不想多说。我想再思考一下。

老水手瞥了我一眼，嘴里嘟囔了几句便继续朝船尾走去。

我站在那儿东瞧西看，大约有一分钟之久，但什么也没看见。然后我就慢慢地朝船尾走去，一直走到甲板室的后面。站在那里，主甲板上的事物十之八九都能被我看到，但除了绳索、帆桅以及船帆在月光下晃动的影子，我连个鬼影子都没有瞧见。

刚从瞭望哨上下来的老家伙又从船尾回到船头去了，船尾甲板上只剩下我一个人。就在我站在那里窥视朝向背风面的阴影时，我突然想起威廉姆斯曾说过这船上有太多的"暗影"。我对他的话外之音始终不解，现在我明白了。船上"确实"有太多的幽灵。到底有没有幽灵？我好像看见有东西从海里爬上了船，这到底是真实的情景，还是你们可能会说，这只是我的南柯一梦？为了不再让自己胡思乱想，我意识到我必须彻底解决这个问题。我的理智告诉我，这不过是我的幻想，是个转瞬即逝的梦而已——我一定是打盹了。但往深处想，我的理智又提醒我事实并非如此。我要亲自验证一下。于是我毫不犹豫地走入阴影中——依然一无所获。

我胆子大了起来。我的常识告诫我，我一定是想岔了。我走到主桅边，朝主桅周围挽绳栓的后面看，又向水泵的阴影部分看过去，但同样一无所获。然后我走到艉楼旁，那下面可比甲板上暗得多。我抬头望了望甲板的两边，空空荡荡，根本没有我想找的幽灵。此刻我甚感欣慰。我朝艉楼的梯子上瞥了一眼，想到要是真有什么东西到那上面去，一定会被二副或计时员看见。然后我背靠舱壁，一边吸着烟管，一边扫视着甲板，脑子一刻不停地将整件事迅速地过了一遍，最后大声说："不！"但我转念一想，又说，"除非……"我走到右舷舷墙边俯视海面，但眼前除了海水，空空如也。于是我转身向艉楼的前面走去。看来我按常理判断是对的，我确信是我的想象跟我开了个玩笑。

我走到通向首楼的左舷门旁，正要进去，有个东西吸引了我，我刚一转身回头望去，情不自禁打了个冷战。在船尾主桅后面的甲板上，一个阴暗的影子在摇曳的月光中隐隐约约地晃来晃去。

这就是那个我刚才还以为是自己臆想出来的幻影。我得承认，当时我不仅吓了一跳，而且相当震惊。现在我确信它绝不仅是我的胡思乱想，这是一个人影。但由于月色朦胧，这个人影上又叠加着其他的影子，我还真有点说不准。正当我站在那儿，既犹豫不决，又惊恐万分之时，我意识到这是有人在捣鬼。尽管我从来没想过那人这样做的理由或目的。常识提醒我，这一切都是海市蜃楼，此时此刻，我对任何支持常理推断的想法都乐意接受，想到这，我大大松了一口气。我先前从未从这个角度想过这个问题。我开始振作起来，责怪自己不该这样疑神疑鬼，不然的话，我早就想明白了事情的原委。但可笑的是，尽管我这样想，我还是不敢去船尾瞧一瞧站在主甲板背风面的人究竟是谁。我又想要是就这样溜之大吉，那还不如一头栽到海里把自己淹死算了。于是我就磨磨蹭蹭地向船尾走去，就像你们所想的那样。

我走到一半时，那人影仍一动不动地待在那里，一点声响都没有——船每晃一下，人影上的月光与其他影子就随之闪动一下。我想我是小题大做了。如果真是哪个船员的恶作剧，他一定是听到了我走过来的脚步声，他为什么不趁机逃走呢？之前，他又是藏在什么地方呢？这些问题一下子冲进我的脑海，我扪心自问，我半信半疑。你们知道，与此同时，我离那影子越来越近。我走过甲板室，离影子只有十一二步之遥，突然那人影一声不吭，向左舷栏杆迅速跨了三步，翻身跃入海中。

我冲到左舷边，朝栏杆外左瞧右看，但除了船的影子在月光下疾驰外，海面上一无所有。

我脑中一片空白，俯视着水面，至于到底看了多长时间，我也说不清，肯定有一分钟之久。我感到茫然——仅仅是非常茫然。我原先断定是自己臆想出来的东西，现在被事实无情地证实了：这种东西不仅存在，而且怪异反常。你们知道，在那一刻，我好像失去了连续思考的能力。我想我已经被搞得茫然不知所措了——在某种程度上是头晕目眩，如同丧失了理智一般。

正如我刚才所说，大概有一分钟之久，我就这样凝视着船下黑沉沉的水面。然后，我突然回过神来，听到二副在大声叫："把前桅背风面的操帆索拿过来。"

我像个梦游者般朝操帆索走去。

学徒塔米看到了什么

第二天一大早，我当班时特意去看了下那个怪影出没的地方，但没发现什么不同寻常之处，也没有找到任何有助于我解开怪影之谜的线索。

接下来的好几天，一切风平浪静，但我每个晚上仍在甲板上默默找寻，企望有新的发现，以便弄清这桩怪事的来龙去脉。我慎行谨言，没有把我亲眼所见之事告诉任何人。无论在哪种情况下，我都敢打包票，要是我把这件事情说出去了，换回的仅仅是旁人对自己的嘲笑而已。

好几个夜晚就这样过去了，我并没有更靠近真相一步。然而，在我值午夜班时，发生了一件事。

当时我负责掌舵，塔米——一名初次出海的学徒——在船尾甲板的背风面走来走去，他负责计时。二副在我前面不远的地方，正靠着艉楼抽着烟。又是一个月色如水水如天的夜晚，虽不是满月，月光依然朗照着海面，把艉楼照得一览无余，连细微之处都如掌上观纹。我得承认，三点钟过后，我昏昏欲睡。事实上，我想我一定是打盹了，因为这艘老船相对容易驾驭，除了偶尔拨弄一下船舵之外，无所事事。然后，我仿佛突然听到有人在轻轻地叫着我的名字。我对此还不是十分确定。我先朝前面二副站着抽烟的地方瞥了一眼，又朝他身后的罗盘箱看过去。船头不偏不倚正好在航线上，我松了口气。接着，我突然又听到了声响。这一次，千真万确，我朝背风面瞥过去，看见塔米把手从转向齿轮上方伸过来拉我的胳膊。我正要问他到底要干什么时，他用手指示意我不要出声，然后顺着艉楼的背风面指过去。在暗淡的月光下，他面无血色，显得十分不安。我定睛朝他所指的方向足足看了几分钟，愣是什么也没瞧见。

我又仔细看了一阵，依旧一无所获，就压低声音问："是什么呀？我什么也没看到。"

"嘘！"他声音嘶哑地嘟囔着，并没有转过头来看我。然后，他突然喘了一口气，跃过变速箱，浑身颤抖着站到我的旁边，眼光似乎仍随着某种东西在移动，至于那东西，我并没看见。

我必须承认我吃了一惊。塔米的动作显示他已是惊弓之鸟,他朝背风面看过去的样子不由让我猜想他撞见了什么难以解释的诡异之物。

"真见鬼,你到底怎么啦?"我厉声问。就在这时,我想起二副。我朝前面他原先倚靠的地方看了一下。二副仍然背朝着我们,他没有看见塔米。

我随后转身对这个孩子说:"看在上帝的分上,快到背风面去,免得二副看到你!"我接着又说,"你要是想说什么,就隔着变速箱说好了。你一定是在做梦。"

但就在我说话时,这个可怜的小家伙一只手抓住我的袖子,另一只手朝测速卷盘的那一边指过去,嘴里还尖叫道:"他来了!他来了!"二副立刻朝船尾跑了过来,大声质问出什么事了。我弯下腰仔细查看测速卷盘旁的栏杆,突然发现了一个看起来像人的东西。但那东西如此朦胧和虚幻,我很难说清楚我到底窥见了什么。我脑中灵光乍现,回想起一周之前,在闪烁的月光下,我曾看见的悄然无声的怪影。

二副跑到我的跟前,我指着那影子,闭口不言,但心里清楚他就像我刚刚遭遇的那样,看不见我所见到的影子。(太奇怪了,是吧?)然后那东西几乎一眨眼的工夫就从我的视线中消失了,这时我才发现塔米还抱着我的膝盖。

二副又继续盯着测速卷盘看了一小会儿,然后转过身看着我,一脸冷笑。

"我看你们两人都在梦游吧!"然后,他不等我解释就命令塔米闭嘴,叫他有多远滚多远,否则他就把塔米从艉楼上踢下去。

然后,二副向前走到艉楼的前端,重新点起烟斗——他一边踱着步,每隔几分钟一个来回,一边还不时地看看我,脸上显出陌生的神情,在我看来这神情既疑惑又迷茫。

一当完班,我就立刻来到学徒住舱,我急切地想跟塔米交谈,有不少问题搅得我坐立不安,我根本拿不准该怎么办。我发现塔米蜷缩着身子坐在内务箱上,下巴枕着膝盖,眼睛死死盯着舱门口,惊恐万分。我把头伸进住舱,他吓得倒抽一口冷气,等他发现是我后,脸上紧张的神色才松弛下来。

"请进。"他低声说道,他显然是在努力不让自己的声音发抖。我一脚跨过挡水板,脸朝着他在一个内务箱上坐下。

"它是什么?"他一边把脚放下来踩在甲板上,一边俯身向前问我,"看在上帝的分上,快告诉我它是什么!"

他的音量越来越高,我举手示意他小声点。

"嘘!"我说,"你会把别人吵醒的。"

他又重复了一次他的问题,但这一次声音低了下来。我犹豫不决,不知该怎样回答他才好。我突然觉得,也许装着什么都不知道会更好些,我迅速思考了一下,马上回答了他,就说自己没有看到什么不同寻常之物。

"什么呀?"我说,"这正是我想来问你的呢。你刚才在艉楼上歇斯底里的愚蠢行为,简直把咱俩都弄成傻子了。"

我故作生气地反驳。

"我没有!"他回答道,声音很低但满是情绪,"你知道我并没有撒谎。你自己也看到了它,你还指给了二副看,我都看见了。"

可怜的小家伙因为我的故意装傻,一时间又愤恨又恐惧,差一点哭出声来。

"胡说!"我说,"你明知你在计时的时候睡着了,你是梦到了什么突然醒了过来。你当时是疯了。"

我执意要打消他的疑虑。但老天呀!如果有可能,我自己也想弄清究竟是怎么一回事。他要是知道另一个人影,就是我在主甲板上看到过的那个暗影,将会发生什么呢?

"我没睡觉,和你一样没睡,"他伤心地说,"这你是知道的。你这是在耍我。这艘船上有鬼。"

"什么?"我尖声问道。

"船上有鬼,"他说,然后他又重复了一下,"船上有鬼。"

"谁说的?"我故作疑惑地问。

"我说的!而且你也知道。每个人都知道,只不过他们不太相信而已……我原来也不太信的,直到今晚。"

"瞎说!"我说,"这完全是哪位老水手的胡说八道。这船和我一样没有被鬼魂附体。"

"这不是一派胡言,"他答道,一副完全不相信的样子,"这也不是哪位老水手的胡说八道……你为什么不说你看见了呢?"他叫道。他激动得差一点要哭出来,音量又高了起来。

我提醒他别把其他人吵醒了。

"你干吗不说你看到了呢?"他重复道。

我从内务箱上站起来,向门口走去。

"你真是个小傻瓜!"我说,"我得提醒你,在甲板上别像刚刚那样乱说。听我的话,上床睡觉吧。你这是在胡言乱语。明天你可能就会觉得自己现在有多傻了。"

我跨过挡水板,离开了住舱。我确信他当时跟着我走到了门口,又说了几句,但我那时已经走出去老远了。

接下来的日子,我都尽量避开他,从不让他有机会和我单独待在一起。我决定要用尽一切办法让他相信,如果那天晚上他看到了什么,那一定是他搞错了。但不久后你们就会明白,我这样做完全是徒劳无益。第二天晚上,事情朝着更加诡异的方向发展,这直接导致了我单方面的否认变成了满纸空言。

主桅上的那个人

事情发生在我值第一班,六点钟刚刚敲完的时候,我坐在前舱口朝前张望,主甲板上一个人都没有。那晚的天气极好,风停止了脚步,几乎感觉不到它的存在,船上静悄悄的。

突然,我听到了二副的声音。

"那儿,谁爬上了主帆索?"

我在前舱口上坐直了身体,侧耳倾听。随后却是一片死寂。

接着二副的声音又响了起来,他明显是气得要命。

"你他妈的听到我说的了吗?你到底在那上面干吗?下来!"

我站起身,走向迎风面,从那儿我能看见艉楼前端。二副正站在右舷梯子旁边,他好像在抬头仰视,但中桅帆挡住了我的视线,正当我睁大眼睛死命盯着那儿看的时候,他又大声叫了起来:"下地狱吧,该死的磨洋工的家伙,我叫你下来你就必须马上滚下来!"

他一边用脚跺着船尾甲板,一边粗野地重复着上一次的命令。但没人应答。我拔腿朝船尾走去。发生了什么事?谁爬上去了?谁会这样没人指派就像个傻瓜似的爬上去呢?我这时突然想起我和塔米曾撞见的那个影子,二副也看到某个东西——某个人了吗?我加快脚步,又突然停了下来。就在这时,响起了二副尖锐刺耳的哨子声,他在吹哨呼唤值班人员,我转身跑到首楼水手舱去叫其他水手。大概一分钟后,我又和他们一道向船尾跑去,看看二副想要我们做些什么。

我们刚跑到一半时就听见二副的声音:"你们几个爬上主桅,现在快点,查一查上面那该死的傻瓜到底是谁,看他想搞什么名堂。"

"是,是,先生。"几个人大声答道,接着就有人跳上迎风面帆索。我也加入其中,其余的人正要一个个跟上来,二副又叫他们从背风面爬上主帆索——以防那家伙从另外一面溜走。

我跟着前面两个人往上爬时,听见二副吩咐此刻负责报时的塔米,和另一个学徒一起到主甲板上去,留心船头船尾的缆索。

"要是被逼得走投无路了,他也许会抓住我们其中一个人拼命反击,"我听见他解释道,"你们要是发现了什么,赶紧大声叫我。"

塔米犹豫了一下。

"怎么啦？"二副厉声问道。

"没什么，先生。"塔米一边说，一边朝着主甲板的方向往下走。

第一个去迎风面的人已爬到联桅铁索那儿。他的头在铁索的顶端露了出来，在继续往上爬前，他先四下打量了一番。

"看到什么了吗，乔克？"爬在我前面的普卢默问。

"没有！"乔克简短地回答道。他越过铁索的顶端，从我的视线中消失了。

我前面的人跟了过去。他爬上联桅铁索后，停下来啐了口痰。我的头顶着他的脚后跟，他朝下看了看我。

"到底发生了什么事？"他问，"他看到了什么？让我们追什么呀？"

我推说自己并不知情，他翻身一跃，跳到中桅绳索上。我跟着翻了上去。背风面的几个小伙子和我们处在差不多的高度。在中桅帆的底部，我看见塔米和另外一名学徒站在下面的主甲板上，正仰视上方。

尽管大家都想控制住自己的情绪，但每个人看上去都有点激动，我更倾向于认为与其说那是激动，还不如说是好奇呢，也许每个人都有点察觉到这件事情有些蹊跷。我朝背风面看了看，我意识到另一边的人想和我们一起好好聊聊，我们一拍即合。

其中一个船员提出："一定是个讨厌的偷渡者。"

我立刻抓住这个想法，也许——然后我马上又摒弃了这种想法。我还记得自己第一次见到那东西是怎样跨过栏杆跃入海中的。那件事是无法以这种方式解释通的。至于这件事，我感到既惊奇又不安。我这次什么也没看到。二副看到了什么呢？我很疑惑。我们在追寻的是子虚乌有的幻想，还是一个有血有肉的人——这人正潜伏在上面的阴影中？我的思绪又回到那个东西上，就是塔米和我都见过、在测速卷盘旁边出没过的那东西。我想起二副当时什么也没有看到，我还记得他看不见是多么正常。我又听到"偷渡者"这个词了。不管怎样，那也许能够解释这件事了，那将……

我的思绪突然被打断。有个人在一边喊一边比画着。

"我看见他了！我看见他了！"他指着我们头顶上面的某个东西说。

"在哪儿？"我上面的那个人问，"在哪儿？"

我也朝上望去，努力睁大眼睛，感到有一丝轻松。"这么说，那东西是真的。"我喃喃自语道。我扭过头，顺着我们头上的帆桁望过去。但我仍然什么也没看见，眼前除了影子和光斑外，其他什么也没有。

我听到下面甲板上传来二副的声音。

"你们抓到他了吗？"他喊道。

"还没呢，楚尔。"背风面最下面的那个人大声回答道。

"我们看见他了，先生。"奎恩补充道。

"我没有！"我说。

"他又出现了。"他说。

我们爬上了上桅帆索。这时奎恩正指着顶桅帆桁在说话。

"你真是个傻瓜，奎恩。那是你自己。"

这声音是从上面传下来的。说这话的是乔克，接着还响起了一阵嘲讽奎恩的笑声。

我现在能看见乔克了。他正站在帆索上，紧靠在帆桁下面。他刚才一直在往上爬，而其余的人则望着头顶发愣。

"你真是个傻瓜，奎恩。"他又说，"我想二副也一样。"

他开始往下爬。

"那么没有人了？"我问。

"没有。"他简单地回了一句。

当我们下到甲板时，二副跑下艉楼，向我们走了过来，一脸期待的神情。

"你们找到他了吗？"他蛮有把握地问。

"没人。"我说。

"什么！"他差一点咆哮起来，"你们一定是隐瞒了什么！"他又气愤地说，眼睛在我们几个人当中扫来扫去，"说出来，那是谁？"

"我们什么也没有隐瞒。"我代表大家答道，"那儿没人。"

二副上上下下打量着我们。

"难道我是一个傻子吗?"他轻蔑地问道。

大家都没有出声,心里默默点头。

"我亲眼看见了他。"他接着说,"塔米在这儿也看到过他。我第一次发现他时,他还没到顶上去。这是千真万确的。说他不在那儿,该死的一派胡言。"

"他不在那儿,先生。"我回答说,"乔克一直爬到了顶桅帆桁。"

二副没有立刻回答我,他向后走了几步,仰视了一眼主桅,然后转过来看着两个学徒。

"你们两个小家伙确定没有看见有人从主桅上下来?"他半信半疑地问。

"确定,先生。"他们齐声答道。

"不管怎样。"我听见他自说自话道,"他如果下来了,我应该能看见他。"

"您知道您看见的是谁吗?"我在这当口插了一句。

他热切地望着我。

"不知道!"他说。

他思考了一会儿,而我们所有人都默默地围着他,等着他发话让我们解散。

"老天呀！"他突然大声叫道，"我早该想到这一点的呀。"

他转过身来，盯着我们一个一个看。

"你们都在这里吗？"他问。

"是的，先生。"我们齐声回答。我能看出他在点数。

然后他接着说："你们大家都待在原地别动。塔米，你到你的住舱去看看其他人是否都在自己的床上睡觉，然后回来告诉我。快点，现在就去！"

塔米走后，他又转向另一名学徒。

"你到前面首楼去。"他说，"数一数另一班人，然后回来告诉我。"

当那个年轻人消失在通往首楼的甲板上时，塔米从贮藏室回来了，他告诉二副另两名学徒在他们的床铺上睡得正酣。随后，二副又急匆匆地让他到船匠和修帆工的住舱去看一看他们是不是已经上床睡觉。

塔米走后，另一个学徒回到船尾报告——所有人都在自己的床铺上睡觉。

"你确定？"二副问他。

"十分确定，先生。"他答道。

二副迅速打了个手势。

"去看看乘务员在不在住舱里。"他突然说。我很清楚他对此十分困惑。

"你还得再了解些情况,二副先生。"我心里寻思着。然后我又开始琢磨他最后会得出一个什么样的结论。

几秒钟后,塔米回来说木匠、修帆工和厨师"大师傅"都已经睡下了。

二副嘴里嘀嘀咕咕的,又叫塔米去看一下大副、三副会不会碰巧不在他们的铺位上。

塔米刚要跑开,又停了下来。

"要不要我顺便也看一下船长室,先生?"他问道。

"不!"二副说,"照我吩咐的去做,然后回来告诉我。去船长室的只能是我。"

塔米说:"是,是,先生。"然后一溜烟地向艉楼跑去。

塔米走后,另一名学徒跑上来说乘务员在他的住舱里,乘务员想知道平白无故为什么要派人到他那里四处乱逛。

二副什么也没说,将近一分钟后,他转向我们,告诉我们可以到船头去了。

我们一起离开时,塔米正从艉楼下来向二副走去,嘴里还嘟嘟囔囔的。我听见他说大副和三副都在自己的床铺上睡大觉。然后他又补了一句,好像刚刚想起来一样……

"船长也是。"

"我想我告诉过你……"二副又开始说。

"我没有，先生。"塔米说，"他的舱门开着。"

二副开始向船尾走去。他向塔米说出了自己对此事的看法，我只听到了一个片段。

"……说明全体船员……我……"

他走上了艉楼。我也听不清他接下来所说的话了。

我徘徊了一会儿，但随后又加快脚步跟上其他人。我们走近首楼时，听到了敲钟声，我们便叫醒了另一班船员，告诉他们我们刚刚都干了些什么。

"我想他一定是昏了头了。"其中一个船员点评道。

"他没有。"另一个船员说，"他在艉楼边打了四十个盹，梦到丈母娘来看他，对他十分友善。"

听到这个说法，一些人笑起来，我发现自己随着其他人一起在笑，尽管如此，我仍然无法像他们那样认为这件事完全是无稽之谈。

"可能是一个偷渡者，你懂的。"我听见之前提到的奎恩正在向一个名叫斯塔宾斯的水手——这个家伙个头不高、看起来脾气不太好——谈论此事。他先前也说过这话。

"绝不可能！"斯塔宾斯答道，"偷渡者才没那么傻呢。"

"我不知道。"刚才第一个说话的人接话了，"我当时真应该问下二副，他到底是怎么想的。"

"不知怎么的,我认为这不是一个偷渡者。"我插了句嘴,"偷渡者爬到主桅上去干什么?我猜偷渡者更想混进乘务员的食品室。"

"当然是这样,要不怎么选在这个时候。"斯塔宾斯说。他点起烟斗,慢慢地吸着。

"我还是搞不懂。"他沉默一会儿后说。

"我也搞不懂。"我说。然后,我也沉默了一会儿,专心听其他人对这个话题的讨论。

突然,我的目光落在威廉姆斯身上,就是那个对我说起"幽灵"的威廉姆斯。他正坐在自己的床上,抽着烟,并不打算加入讨论之中。

我走到他面前。"你对这件事怎么看,威廉姆斯?"我问,"你认为二副真的看见什么了吗?"

他看了看我,脸色阴沉,一副怀疑的神情,但什么也没说。

他的沉默稍稍触怒了我,但我小心地控制住了自己的情绪。过了一会儿,我又接着说。

"你知道吗,威廉姆斯,我开始明白你那天晚上的意思了,当时你就说过船上有太多的幽灵。"

"你什么意思?"他边说,边从嘴里抽出烟斗,相当惊讶地答道。

"我当然是说。"我说,"船上有太多的幽灵。"

他坐了起来,从铺位上探出头来,伸出手以及烟斗。他的眼神明显流露出激动。

"你看到了……"他犹豫了下,看着我,内心极力想说出自己的想法。

"什么呢?"我催促道。

也许有足足一分钟的时间,他努力想说些什么。接着,他的神情突然大变,一改昔日那疑心重重、举棋不定的神色,转而露出了一副坚定不移、非常严肃的表情。

他终于开口了。

"老天有眼。"他说,"不管这船上有没有幽灵,我都得在这儿赚上一笔。"

我看着他,惊讶万分。

"这和你在船上赚钱有什么关系呢?"我问。

他点了点头,带着一种事不关己的坚定。

"你看。"他说。

我等他说下去。

"那些人都离开了。"他边解释边用手中的烟斗指了一下船尾。

"你是指在旧金山吗?"我问。

"是的。"他答道,"他们没得到一丁点报酬。我待下来了。"

我突然明白他的意思了。

"你认为他们看见了。"我迟疑了下,然后接着说,"幽灵?"

他点了点头,但什么也没说。

"所以他们都会逃离这艘船?"

他又点了点头,开始拿起烟斗磕着床板。

"那么船长和其他高级船员呢?"我问。

"都换了。"他说。这时,钟响了八下,威廉姆斯从铺位上爬了下来,准备去值班。

玩弄船帆

　　正是在周五的晚上，二副命令全体值班人员爬上主桅去寻找那个神秘的人影。在接下来的五天里，几乎没有人再提及这件事了。除了我、威廉姆斯和塔米外，其他人似乎都没把它当回事。也许我不该将奎恩排除在外，不管在任何场合，他仍然坚称船上有个偷渡者。至于二副，我现在可以肯定他开始意识到事情比他开始设想的要来得更加复杂和难以理解。但与此同时，我知道他只能暗自揣测一番，他那并不成形的想法最好藏在心底。因为一说到怪物，船长和大副就会无情地嘲讽他。这是我从塔米那儿得知的。在隔日的第二个夜班时，塔米听到两人一起把二副戏弄了一番。塔米还告诉我另外一件事，这也表明二副深受此事困扰——他明明看到那个人爬上了船,却无法解释那个人影为什么突然出现,又神秘消失。我们曾在测速盘旁边看到过一个人影,二副让塔米把他能记住的每一个细节都告诉他。另外,二副甚至没有假装对这件事不在乎,或者将其看作是一件值得嘲笑之事,他听得十分认真,还问了相当多的问题。我明显感觉到,他正在接近那唯一可能的结论,虽然天晓得,这个结论是多么荒诞离奇。

在我提到的那场谈话的五天后,也就是在星期三晚上,又发生了一件事,这件事引发了我和其他知情人的另一种恐惧。当然,在那个时刻,那些什么也没有看到过的人是不会觉得这有什么好怕的,这一点我很能理解。但就是他们,也为此感到十分困惑并惊讶万分,也许还会有那么一点点敬畏。这件事既令人难以理解又很司空见惯。毕竟,最终的结果仅仅是一块帆布被吹到海面上去了,但与此同时,还有一些细思极恐的细节——这里所说的细思极恐,是从塔米、我和二副所了解的事实来看的。

七点钟过后,第一班船员值班结束,我们这一班人被叫醒去换下大副那一班。我们中大部分人已经下了床,有的坐在内务箱上,穿上了各自的长袍。

突然,另一班中的一名学徒将头伸了进来。

"大副想知道,"他说,"你们谁在值上个班时系好了船头顶桅帆?"

"他要知道这个干吗？"我们中的一个人问。

"背风面的帆布被吹到海面上去了，"学徒说，"他还说一旦到了换班点，系帆布的伙计必须立刻上来把它弄好。"

"哦！真的吗？反正不是我。"那人答道，"你最好问问其他人看看。"

"问什么？"普卢默一边问，一边睡眼惺忪地从床上下来。

那学徒又重复了一遍。

普卢默打了个哈欠，伸了伸懒腰。

"我想想，"他嘟囔着，一只手挠着头，另一只手摸索着他的裤子，"是谁系紧船头的顶桅帆的呢？"他穿上了裤子，站了起来，"噢，当然是二等水手，你还能想到其他人吗？"

"我要知道的就是这些！"那个学徒说完，转身离开了。

"喂！汤姆！"斯塔宾斯大声叫着二等水手的名字，"快醒过来，你这个小懒鬼。大副刚派人来询问是谁系的船头顶桅帆。帆布现在被吹开了，他让你八点钟一到赶紧去把桅帆系紧。"

汤姆跳下床，开始手忙脚乱地穿着衣服。

"船帆松开了！"他说，"没这么大风呀，我把束帆索的末端绳头牢牢地塞进了一圈圈绕好的绳索中。"

"也许是哪根束帆索腐烂了，就松劲了，"斯塔宾斯建议道，"不管怎样，你得快点，八点钟刚刚已经敲响了。"

一分钟后，八点钟敲完了，我们一起到船尾去报到。一点完名，我就看见大副侧着身和二副说话。然后，二副大吼："汤姆！"

"先生，我在这！"汤姆答道。

"上一班是你系船头顶桅帆的吗？"

"是的，先生。"

"那帆怎么会松开来呢？"

"我也说不清，先生。"

"嗯，但帆已吹开了。你最好跳上去，重新用束帆索将帆系紧。这次你可得注意了，把它牢牢系好。"

"是，是，先生。"汤姆说完就跟着其他人往船头走去。到船头索具旁以后，汤姆沿着索具，开始不慌不忙地往上爬。虽不是满月天，但月光依然清澈如水，因此我能将他看个清清楚楚，明明白白。

我走到上风口的系索栓座旁，往栓座上靠了靠，一边望着汤姆，一边给烟斗塞上烟丝。其他人，包括甲板上和帆下面的值班人员，都到首楼里去了，因此我想主甲板上只剩下我一个了。但过了几分钟后，我发现我错了，因为我点烟时，看到年轻的伦敦佬威廉姆斯从甲板室的背风面走了出来，转身抬头看着二等水手一点点地向上爬。我有点吃惊，因为我知道他和另外三个人在玩"扑克战斗机"，他赢了六十磅烟叶。正当我想问他为什么不打牌时，突然回忆起了我和他的第一次谈话。我记得他曾说帆总是在夜晚被风刮开,我记得当时不明白他为何说到"刮开"这个词时要特意强调。想到这些,我突然感到一阵后怕。因为,一种荒谬感突然向我袭来———一张帆——即便是一张没有完全系好的帆,在我们这样风平浪静的好天气里被吹开,我在想我为何以前没有察觉到这件事的奇特和反常之处呢。如此好的天气,风和日丽,风平浪静,船稳如磐石,帆不可能被吹开。我离开系索栓座,朝威廉姆斯走去。他知道一些事情,或者至少他猜到了部分事实,当时对我来说那就是一片空白。在上面,男孩在往上爬,到什么地方去了?那是让我感到非常害怕的事情。而我那时对整件事还是茫无所知。我应该把我知道的和猜到的都说出来吗?那么,我该告诉谁呢?我能换回的应该仅仅是嘲笑吧。

威廉姆斯转身看着我。

"天啊!"他说,"又发生了!"

"什么?"我问。尽管我知道他指的是什么。

"他们的老把戏。"他边答边挥手指了指船头的顶桅帆。

我朝上面瞄了一眼。从朝外的帆腹束帆索起,背风面的船帆统统被吹得东零西散,我看见汤姆正在那下面将自己吊起来,以便跳到上桅帆。

威廉姆斯又说话了。

"也是在这条路上,在回来的途中,我们失去了两名船员。"

"两名!"我惊呼道。

"是的!"他简单地回了一句。

"我不理解,"我接着说,"我从没有听说过这事。"

"有谁会告诉你呢?"他问。

我没有回答他的问题,事实上,我几乎没听懂他的问题,因为这时我心里又开始盘算到底该怎么处理那件事了。

"我很想到船尾去把我所知道的都告诉二副,"我说,"他本人也撞见过自己难以解释的东西,而且……而且不管怎样,我不能放任这种情况的发生。如果二副都知道了……"

"去说吧!"他插了一句,打断了我的话,"大家都会笑话你是个大笨蛋。你不能去,你还是原地待着吧。"

我踌躇不前,只好站在那儿。他刚才说的话完全正确,我对下一步该怎么做才能达到最佳效果完全没了主意。我确信帆上有危险,虽然我说不出是出于何种原因才这样猜测,但我有十足的把握帆上一定不安全,就像我已亲眼看见一样。我在想,虽然我不知道会出现什么样的危险,但我要是和汤姆一起爬上帆桁,说不定危险就不会发生了。我一边想一边盯着顶桅帆看。汤姆这时已经爬到帆旁边,正站在帆腹附近的踏脚索上。他在帆桁上弯下身,伸手去抓帆松开的那一头。而就在这时，我看见，看见顶桅帆腹出其不意地上下摆动起来，就像突然被一阵飓风刮起来似的。

"哦，该死！"威廉姆斯带着某种兴奋的期待，刚开口就突然停下不说了，因为就在这时，船帆正好打在帆桁的背面，一下子把汤姆从踏脚索上打了下来。

"我的天啊！"我大声叫道，"他没了！"

那一瞬间，我的眼睛模糊了，威廉姆斯正大声叫着，但我却一点都没有听到。然后，这种情况很快就过去了，我又能看见了。

威廉姆斯用手指了指，我看到一些黑色的东西在帆桁下面来回摆动。威廉姆斯一边大声叫着，一边拔腿向船头的索具跑过去。他口里念叨的那些东西我从来没有听过，只听清了最后一小段……

"……束帆索。"

我立刻意识到，汤姆在往下掉时，设法抓住了束帆索，我迅速跟在威廉姆斯后面跑了过去，以便和他一起搭救汤姆。

我听见下面的甲板上响起了跑步声，然后是二副的声音。他在问到底发生了什么事，但我当时没有心思回答他，我竭力想让自己快点爬上船帆。我很清楚，有些束帆索和旧帆布差不多，如果汤姆没有抓住他脚底下的上桅帆，他就有可能随时栽下来。我爬到桅楼顶部，又迅速往上爬，威廉姆斯这时在我上面不远处。不到半分钟我就爬到上桅帆帆桁那里。威廉姆斯这时已经爬上顶桅帆。我迅速滑到上桅帆的踏脚索那儿，正好落在汤姆的下面。然后我大声提醒他把身体朝我这边靠过来，这样我就可以抓住他了。他并没有回答我，我发现他以一种奇怪的方式软绵绵地挂在那里，只靠一只手吊着。

这时，威廉姆斯的声音从巨帆桁那里传了过来。他在大声疾呼，让我过去帮他把汤姆拉上巨帆桁。我爬到他那儿后，他告诉我束帆索套在汤姆的手腕上了。我在巨帆桁旁边弯腰往下看，发现一切正如威廉姆斯所言，才意识到这件事近在咫尺。但最让人费解的是，即便在那个时候，我突然意识到风有多小，但刚刚船帆猛烈砸向那个孩子的场景简直刻在我的脑海里了。

这时候，我一直都在忙着将左舷帆脚上的升索退出滑轮。做完这件事后，我抓住绳尾在束帆索周围打了个圈，然后将这一圈帆脚索照着汤姆的头和肩膀滑下去，顺势一拉，让帆脚索在汤姆的肩膀下勒紧，只一分钟工夫，我和威廉姆斯就将汤姆安全地拉到我们两人中间的帆桁上。闪烁不定的月光下，我刚好能看清汤姆额头上起了一个大大的包，船帆打向汤姆时，帆脚索一定是正好击中他的额头了。

我们在那儿站了一会儿，趁机歇了口气，就在这时，我听到了二副的声音，听声音他就在我们下面不远的地方。威廉姆斯朝下望了望，然后抬头看着我，扑哧一笑。

"哎呀!"他说。

"什么事?"我迅速问。

他把头朝后猛地晃了一下,又把头朝下晃了一下。我将头扭过来一点点,一只手抓住稳定索,另一只手抓牢还在昏迷中的二等水手汤姆。这样我才好看看下面。起初,我什么也没看见。接着,二副的声音又传了上来。

"你们到底是什么人?你们在干什么?"

我现在看到他了。他站在迎风面上桅帆的束脚索上,正仰起脸仔细环顾桅杆的后面。在月光的映衬下,我只看到了一个浅色的椭圆,隐约可见。

他又问了一遍。

"是威廉姆斯和我,先生。"我说,"汤姆在这里出事了。"

我停了下来。他朝我们爬过来。从下风面索具那里却突然传来一阵嗡嗡嗡的谈话声。

二副爬到我们跟前。

"唉,到底发生了什么事?"他满是怀疑地问,"什么事?"

他随即弯下身来,盯着汤姆看。我刚想解释,但他打断了我:"他死了吗?"

"没有,先生。"我说,"我看没有,但可怜的小家伙重重地摔了一跤。我们爬上来时，他正吊在束帆索上，船帆把他从帆桁上扇了下来。"

"什么？"他厉声问。

"船帆被风吹起来，向后朝帆桁呼啸而来……"

"什么风？"他打断道，"没有风呀，几乎没有风。"他把身体的重心转移到另外一只脚上，"你什么意思？"

"我是认真的，先生。风把帆脚索吹过帆桁桅楼，将汤姆从踏脚索上刮了下来。威廉姆斯和我全看见了。"

"但哪有这么大的风呢？你这是在胡说八道！"

我隐约感觉到，他的声音里有疑虑，也有其他的东西，但我能分辨出他现在疑心重重——至于怀疑什么，我想他自己也很难说清楚。

他看了威廉姆斯一眼，好像要说什么。接着，他似乎又改变了主意，转身大声命令他身后的一个船员下去把一个滑轮和一捆全新的三英寸宽的马尼拉麻绳拿上来。

"现在快点！"他最后说。

"是，是，先生。"那人说完，迅速下去了。

二副转身对着我说。

"你们把汤姆弄下去后，关于这一切，我需要你给我一个更好的解释。而不是你说的那些，它们站不住脚。"

"好的，先生。"我答道，"可是你听不到别的解释了。"

"你什么意思？"他朝我喊道,"我要让你知道,我绝不允许你或任何人对我这样无礼。"

"我并不是要对您无礼,先生……我是说只有这一个解释。"

"我告诉过你这样的解释经不起推敲！"他重复道,"这件事太他妈搞笑了。我要把这件事报告给船长。我可不能告诉他那件怪事……"他突然停了下来。

"这艘老船上发生的怪事应该不止这一件吧。"我答道,"您应该知道的,先生。"

"你指的是什么？"他马上问。

"好的,先生,"我说,"老实说,想想您前几天晚上派我们爬上主桅去追捕的那个家伙？那件事也够怪的,不是吗？今天这事还没有那一半怪呢。"

"够了,杰塞普！"他气愤地说,"不许你顶嘴。"他的语气告诉我,我扳回了一局。他似乎一下子不那么确定我在编瞎话了。

然后,过了大约半分钟光景,他什么也没说。我猜他正在苦苦思索。接着他把话题转到如何将二等水手汤姆弄到甲板上去。

"你们中的一个必须从背风面下去稳住他。"他断定。

他转过身朝下看了看。

"你带着那条吊绳吗？"他大声叫道。

"是的，先生。"我听到其中一个人回答。我们很快把吊绳装好，将汤姆弄到了甲板上。然后我们将他抬进首楼，放在他的铺位上。二副让人送来了一些白兰地，然后开始一点点喂给汤姆喝。同时，另外一些人按摩他的手和脚，只一会儿工夫，汤姆就逐渐苏醒过来。他突然咳嗽了一阵，然后睁开眼，露出惊讶万分、迷惑不解的神情。他抓住床沿，晕晕乎乎地坐了起来。旁边一人一把扶住他，二副后退一步审视着他。汤姆摇摇晃晃，很难坐稳，抬起一只手放在自己的头上。

"这里，"二副说，"再喝一口。"

汤姆屏住呼吸，呛了一口，然后开口说话了。

"天呀！"他说，"我的头疼死了。"

他又抬起手，摸了摸额头上的肿块，然后弯腰看着床铺周围的人。

"发生了什么事？"他问，脸上仍然露出迷惑不解的神色，就好像他没办法看清我们似的。

"发生了什么事？"他又问。

"那正是我想知道的！"二副说，这次话音中透着严厉。

"我没在当班时打盹吧？"汤姆急切地问。

他哀求地看着周围的人。

"船帆把他打傻了，真让我吃惊。"其中一人说，声音大得足以让在场所有的人都能听见。

"你没有,"我回答汤姆道,"你刚才……"

"闭嘴,杰塞普!"二副匆忙打断我,"我想听一下他自己怎么说。"

他又转过身面朝汤姆。

"你刚才在船头顶桅帆那里。"他提醒道。

"我也说不清了,先生。"汤姆半信半疑地说。我看得出他并没听懂二副话里的意思。

"但你就在那儿!"二副说道,声音中透露出不耐烦,"船帆被风刮开了,我叫你爬上去用束帆索把帆扎牢。"

"帆松了,先生?"汤姆迟钝地问。

"是的!随风飘着。我说得还不够明白吗?"

汤姆脸上迟钝的神色突然消失得一干二净。

"噢,是的,先生。"他说,他回过神来了,"该死的帆涨满了风,砰的一声打在我的脸上。"

他停了一会儿。

"我想……"他刚开口,但又停了下来。

"继续!"二副说,"统统给我说出来!"

"我不知道,先生,"汤姆说,"我不明白……"

他又顿了一下。

"我只记得这些了。"他嘟囔着,把手放在额头被打伤的地方,好像是在努力回忆什么。

接下去是一阵沉默。然后我听见斯塔宾斯的声音："刚才几乎没什么风。"他说话的语气中流露出困惑和不解。

周围的船员们开始窃窃私语，纷纷表示赞同。

二副什么也没说，只是好奇地瞥了他一眼。我想知道，他开始明白给这件事找个合理的解释是徒然的吗？他终于开始将这件事与主桅上的奇怪人影联系在一起了吗？我现在倾向于这样认为。二副带着怀疑盯着汤姆看了好一阵子，然后走出首楼，边走边嚷嚷他明天早上还要进一步调查此事。然而到了第二天早上，他并没有这样做。至于他有没有将此事报告给船长，我也很怀疑。即便他汇报了，那也一定是随便提提而已，因为这之后我们就再也没有听到过关于这件事的任何消息。当然，我们内部对这场事故却讨论得热火朝天。

关于二副，即便是现在，我还是弄不懂他为什么在船帆上那样对待我们。我也曾想过，他当时一定怀疑我们背着他兴风作浪——也许，在某个时刻，他还可能揣测过我们中必有一人与主桅神秘人影事件有某种牵连。又或者，他一面认为这艘老船上的确发生了一些煎水作冰又令人讨厌的事件，另一方面又一直在和这个压在他心头的想法做斗争。当然，这也仅仅是猜测而已。

事后不久，又出现了新情况。

威廉姆斯的末日

我前面说过,我们后来虽然经常谈论发生在汤姆身上的奇异事故,但没人知道我和威廉姆斯亲眼看见了事故的整个经过。斯塔宾斯认为当时汤姆在打瞌睡,所以没踩好踏脚索。当然,汤姆是绝对不会同意这个观点的。但他没有向任何人求助,因为那时候,他与其他人一样不知道我和威廉姆斯看到船帆打到了帆桁上。

斯塔宾斯坚持认为问题并不在于风的大小上。他说当时根本没风,其余人也同意这一点。

"嗯,"我说,"这些我都不清楚。我倒有点相信汤姆说的是事实。"

"你怎么会这样想呢?"斯塔宾斯难以置信地问道,"当时可没那么大的风啊。"

"那他额头上的大包块又是怎么回事？"我反问道，"你对这做何解释？"

"我怀疑是他脚滑撞出来的。"他答道。

"有可能。"老贾斯凯特应了一声，这时他正坐在旁边一个内务箱上抽烟。

"唉，你们俩离得老远，根本不在场！"汤姆激动地插了一句，"我没打瞌睡，船帆的确是鼓起来后打在我身上的。"

"不许你这么无礼，小家伙。"贾斯凯特说。

我又加入谈话当中。

"还有一件事，斯塔宾斯，"我说，"吊着汤姆的束帆索是在帆桁后面的。看起来好像是船帆把它掀翻的吧？如果当时风量足够大，不仅可以把它掀过来，我看，再来一次也是有可能的。"

"你的意思是它到底是在帆桁的顶上还是底下盘旋？"他问。

"当然是顶上了。而且，环形踏脚索就悬挂在帆桁后面的绳环上。"

斯塔宾斯对此显得很吃惊。他还没来得及再提出不同的意见，普卢默就开了口。

"谁看见了？"他问。

"我看到了！"我提高了点音量回答他，"威廉姆斯也看到了。甚至连二副都看见了。"

普卢默陷入沉默当中,只是一个劲地抽着烟。斯塔宾斯又想到了一个新的理由。

"我猜汤姆倒栽葱时,一定是抓住了踏脚索和束帆索,并把它们推到了帆桁的另一边。"

"不!"汤姆打断了他的话,"束帆索在船帆的下面,我连看都看不见。船帆飘起来打到我脸上时,我根本没时间抓住踏脚索。"

"那你摔倒时又是怎么抓住束帆索的呢?"普卢默问。

"他没有抓住束帆索,"我替汤姆答道,"束帆索刚好绕在他的手腕上了,那就是为什么我们发现他时他正吊在那儿。"

"你是说他没抓住束帆索?"奎恩问的时候都顾不上给烟斗点火了。

"我当然是这意思,"我说,"有谁在被击昏时还能抓得住绳子?"

"你是对的,"乔克点头说,"在这一点上你对极了,杰塞普。"

奎恩终于给烟斗点上了火。

"我不明白。"他说。

我并没理睬他的话,又接着说道:"不管怎样,威廉姆斯和我发现汤姆时,他正挂在束帆索上,束帆索在他手上缠了好几圈。除此之外,我上面已说过,船帆上的踏脚索挂在帆桁后上方,汤姆整个身体的重量就全靠着这束帆索了。"

"这真是见鬼了，"斯塔宾斯说，声音中充满了迷惑，"好像找不到一个合理的解释。"

我望了威廉姆斯一眼，暗示他我已经把我们看到的事情的整个过程都抖了出来，但他还是摇了摇头。我思考一阵后，觉得这样解释徒劳无益。我们对事件的整个过程并不十分清楚，半真半假的事实和我们的猜测只会使这件事显得更加荒诞和匪夷所思。唯一能做的就是边等边看。哪怕我们只掌握了一些影影绰绰的证据，我们还是希望把自己知道的一切说个清清楚楚，而不是沦为别人的笑柄。

我突然从沉思中回过神来。

斯塔宾斯又说了起来，他还在和另一个人争论这事。

"你看，都没什么风，这是不可能的，但是……"

另一个人打断他的话，但说了什么我没听清。

"不，"我听见斯塔宾斯说，"我是有考虑不周的地方，但那并不等于我说的都是白说。这太像个可恶的神话故事了。"

"看看他的手腕吧！"我说。

汤姆伸出右臂给大家看，被绳子勒过的地方现在已经肿得老高了。

"是的，"斯塔宾斯也承认道，"这一点不错，但这什么也说明不了。"

我没再理会他，正如斯塔宾斯所说，这说明不了"什么"。这件事到此为止。我告诉你们这些，是想说明首楼的人对这件事的看法。但这个事件并没有在我们的心头停留很久，因为正如我前面所说，事情有了新的变化。

接下去的三个晚上平静无事，但到了第四晚，所有奇异的迹象和暗示突然演化成令人沮丧的恐怖现实。然而这一切又是那么微妙和错综复杂，事实上，事情本身也是如此，似乎只有亲身感受过那种无孔不入的人，才能真正体会到整件事的可怕之处。船上大多数船员都开始抱怨乘上这艘船真倒霉，当然就像我们平常那般怨天尤人。有人说船上惊现灾星。不过，我不能说没人意识到这之中有任何令人胆战心惊和毛骨悚然之处，因为我敢保证有一些人已经有点感觉了，我认为斯塔宾斯肯定是其中之一，虽然我敢打包票，他对隐藏在扰乱了我们夜晚的数个奇异事件背后的真正意义，你们知道的，连四分之一都想不明白。不知怎么的，他似乎还没有意识到个人危险的因素，对我来说，危险已经近在咫尺。我想，这可能是因为他缺乏足够的想象力，没有能力将所有事情拼凑在一起——根据事情发展的脉络寻因探果。当然，我们也不能忘了，他对前两件事一无所知，否则的话，我们也许会意见一致。事实上，你们知道，他似乎一点也没有未雨绸缪的意思，甚至在汤姆和顶桅帆事故上也没有。不过，现在，在我马上要说的这件事发生后，他似乎对这件事情的邪门之处摸出了点门道，对潜在的危险有所察觉。

我现在还能清楚地回忆起第四夜发生的事情。那个明亮的夜晚，繁星点点，但没有月光——至少我记得是没有月亮，或不管怎样，月亮可能只是一弯新月而已，因为当时天快要黑下来了。

风大了一点，但依然是微风习习。当时船正以每小时六七海里的速度行进着。我们在甲板上值中班，船上满是风吹帆动的嗡嗡声。主甲板上只有我和威廉姆斯，他倚靠在迎风面的系索栓座上，抽着烟，而我在他和前舱口之间的甲板上来回走着。斯塔宾斯负责瞭望。

计时钟敲响好几分钟了。我真希望现在是八点钟，就轮到我们换班休息了。突然，头顶上传来尖锐的噼啪声，像是一声枪响，紧接着是帆布在风中颠簸的嘎嘎声和撞击声。

威廉姆斯从系索栓座旁跳了下来，向船尾跑了几步。我跟着他，我们俩抬起头，瞪大眼睛，想知道到底发生了什么。我大概猜到了，是前上桅帆上的一根帆脚索被风吹开了，帆下角的金属环在空中盘旋，四处乱撞，每几分钟就击打一下钢帆桁，发出的声音就像巨锤落下时的闷响。

"我想是钩环，或是某个环扣脱落了。"我对威廉姆斯喊道，声音盖过了船帆发出的嘈杂声，"这是双环撞击帆桁的声音。"

"是的！"威廉姆斯边喊边忙着去抓金属环线，我跑过去帮了他一把。就在这时，我听到船尾传来二副的喊声，然后是跑动的脚步声，接着几乎是同一时刻,二副和其他值班人都来到了我们身边。过了几分钟,我们把帆桁降了下来,扣好帆布。然后威廉姆斯和我爬到上面去检查帆脚索了。不出我所料,双环安然无恙,但栓从钩环中脱落出来,而钩环则轧入帆桁臂的滑轮槽中。

威廉姆斯让我爬下去找一个栓拿上去,他这时忙着扳直帆耳索,再将帆耳索往下串进帆脚索。我拿着一个新栓爬了上去,将栓穿进口环,夹牢帆耳索,然后大声叫下面的人拉一下吊索。他们照做了,但他们拉第二次时,钩环一下子滑掉了。由于钩环太高,我就爬到上桅帆帆桁,用手抓住链条,威廉姆斯用钩环卡紧双环。然后再次扳上帆耳索,大声告诉二副我们准备好了,可以把帆桁升上去了。

"你最好下来拉一下帆桁,"他说,"我待在这里弄滑轮。"

"好的,威廉姆斯。"我一边爬上索具一边说,"别让船上恶鬼把你给带走了。"

我说这句话的时候心情轻松,不管谁要上去,有时都会跟他开这种玩笑。我那时很兴奋,近来心中郁积的忧虑一下子消失得无影无踪。我想这是海风太清新的缘故。

"不止一个!"他用他那种特有的说话方式答道,既短促有力,又不同寻常。

他又说了一遍。

我突然严肃起来。过去几周内发生的真实事件以及所有不可思议的细节一下浮现在我的脑海中,生动逼真而又令人讨厌。

"你什么意思啊,威廉姆斯?"我问他。

但他闭上嘴,什么也不说了。

"你知道什么……你知道多少?"我急忙追问道,"你为什么总是不告诉我你……"

我的话突然被二副打断了:"听着,上面!你们准备让我们就这样等上一整夜吗?下来一个人,和我们一起拉升降索。另一个在上面弄滑轮。"

"是,是,先生。"我朝下喊了一声。

然后我又匆忙转向威廉姆斯。

"听着,威廉姆斯。"我说,"如果你认为一个人待在这里确实危险……"我迟疑了一下,努力寻找合适的字眼来表达我的想法,然后我接着说,"听着,我很乐意和你待在这儿。"

二副的声音又传了上来。

"快点,下来一个!快下来!你们到底在磨蹭什么?"

"来啦,先生!"我喊道。

"要我留下来吗?"我问得很明确。

"别说啦!"他说,"别自己吓唬自己了。我一定要在船上赚点钱。

去他妈的这些鬼魂。我才不怕它们呢。"

我转身下去了。那是威廉姆斯留给世人的最后一句话。

我下到甲板后,跟在后面一起拉升降索。

我们差不多已将帆桁升到了上桅顶,二副仰望着船帆黑漆漆的轮廓,正要大声喊出"停止"时,突然从威廉姆斯那儿传来一声怪异而又模糊不清的呼喊。

"全部停下。"二副叫道。我们站在那里,凝神屏气,仔细倾听。"怎么啦,威廉姆斯?"他叫道,"你还好吗?"

我们站在那儿听了大约有半分钟,却没等到任何答案。事后有些人说他们注意到上面有一种奇怪的咔嗒声和振动声,在风的嗡嗡声和漩涡声中隐约传来。你知道的,就像松散的绳子被甩在一起的声音。这声音是怎么被听到了,或仅是一种想象,除此之外,别无他物,这我就说不准了。我当时什么也没听到,有可能是因为我站在绳索的末端,离前面的索具最远,而那些听到声音的人站在升降索的前半部分,靠近横桅索。

二副用双手围住嘴。

"你那儿全好了吗?"他又喊道。

有声音传了下来,始料不及又难以理解。像这样:"去你妈的……我待下来……你以为……赶走……赚钱。"然后突然一片寂静。

我瞪着上面那影影绰绰的船帆,大惊失色。

"他疯了!"斯塔宾斯说。斯塔宾斯本来是负责瞭望的,也被叫过来一起拉索。

"他完全疯了,"奎恩说——他就站在我的前面,"他这一阵子一直很怪。"

"安静!"二副叫道。

然后他喊道:"威廉姆斯!"

没人回答。

"威廉姆斯!"这次喊的声音更大。

仍然没人回答。

二副随后又大声咒道:"你这个该死的,该死的伦敦佬,该死的乌龟王八蛋!你听到了吗?你聋了吗?"

还是没人回答。二副转身对我说:"快点爬上去,杰塞普,看一下出了什么事!"

"是,是,先生。"我说着跑向索具。我感到有点不对劲,难道威廉姆斯疯了吗?他总是有点古怪,或者——我脑子里突然迸出一个念头——他看到——我还没想好,突然高处传来一声恐怖的尖叫声。我浑身像冻僵似的,赶紧扶住桅梯第一级的横杆。转眼间,有东西从黑暗中掉落下来——是一具笨重的尸体,伴随着巨大的撞击声和一阵响亮的喘息声，正好砸在等他回答的人群旁边的甲板上。这一切使我大为震惊。好几个人吓得叫出了声，不由自主地松开了升降索，幸好掣索吊住了帆桁，它才没有掉下来。在随后的几秒钟内，人群中一片死一般的沉寂，这时我好像听到风中夹杂着奇异的呻吟声。

二副第一个开口说话了。他的声音来得如此突然，惊到了我。

"你们谁去拿一盏灯来，快点！"

好一会儿，人群中没人动弹。

"拿一盏罗盘箱上的灯来，你去，塔米。"

"是，是，先生。"小伙子声音颤抖，说完就向船尾跑去。

不到一分钟，我就看见有光沿着甲板朝我们走来。塔米跑到我们跟前，把灯递给二副。二副接过灯后，向甲板上那蜷成一团黑漆漆的东西走去。他把灯拿到面前，仔细打量那东西。

"我的老天啊！"他说，"是威廉姆斯！"

他弯下身，把灯放低了一点，这样我也看得清清楚楚了。是威廉姆斯，一点不假。二副叫几个人把威廉姆斯的尸体抬起来，拉直后平放在舱口盖上。然后他到船尾去叫船长。几分钟后他就回来了，手里拿着一面旧舰旗，把它盖在可怜的威廉姆斯身上。差不多就在这时，船长沿着甲板急匆匆地赶来。他掀开舰旗的一角，看了看，又默默地重新盖上。二副三言两语就把我们所看到的一切向船长解释清楚了。

"要把他移到别的地方去吗,先生?"他解释完后问。

"夜色很好,"船长说,"你还是把那可怜的人儿留在那儿吧!"

他转身缓缓地向船尾走去。拿着灯的水手用灯扫了一下周围,灯光正好照在威廉姆斯摔下时的位置。

二副突然开口说道:"你们几个人去拿一把扫帚和几只桶来。"

他又猛地一转身,命令塔米到艉楼去。

二副看着我们将帆桁升上桅顶,把绳索整理好后,就跟着塔米去了艉楼。他很清楚,不能让塔米在当班时心里老是想着舱口盖上可怜的威廉姆斯。过了一会儿,我看到他指派了另外的任务给塔米,好让他安心。

等他俩去了船尾后,我们都进了首楼。每个人都闷闷不乐,惶恐不安。过了一会儿,我们都坐了下来,有的坐在铺位上,有的坐在内务箱上,没有人说一句话。下一班的水手都在睡觉,他们中谁也不知道刚刚发生了什么。

突然,正在掌舵的普卢默跨过右舷挡水板,走进了首楼。

"到底怎么啦?"他问,"威廉姆斯受伤了吗?"

"嘘!"我说,"你会吵到别人的。谁在替你掌舵?"

"塔米——二副让他到驾驶室去了。他让我来抽根烟缓一下。他说威廉姆斯狠狠地摔了下来。"

他停下来,朝首楼四处张望着。

"他在哪?"他不解地问道。

我瞥了一眼其他人,但似乎没人想聊聊这事。

"他从上桅帆帆索上摔了下来!"我说。

"他在哪?"他又问。

"摔坏了,"我说,"躺在舱口盖上。"

"死了?"他问。

我点了点头。

"我看见船长到了船头,我猜这事一定相当严重。怎么发生的?"

他朝我们扫视了一眼,这时我们每个人都坐在那抽烟,闷不作声。

"没人知道。"我说着朝斯塔宾斯看了看,正好这时他也在看着我,眼里满是疑虑。

沉默一会儿后,普卢默又开口了。

"我听到他尖叫了,当时我正在掌舵。他在上面一定受了伤。"

斯塔宾斯擦亮一根火柴,重新点上烟斗。

"你咋知道的?"他问,这是他第一次开口讲话。

"我咋知道的?哦,我也说不清。也许他手指卡在索箍和桅杆中间了吧。"

"你怎么看待他骂二副这件事?那也是因为他手指卡在索箍和桅杆

中间了吗？"奎恩插了一句。

"这我没听到，"普卢默说，"谁听到他骂了？"

"我看船上每个人都应该听到了，"斯塔宾斯答道，"但我拿不准他是不是在骂二副。起初我还以为他疯了，在骂自己呢，但我现在想来这有点不太可能。他没理由骂二副呀，没什么好骂的。况且，他好像也不是在对甲板上的我们说呀——从我听到的来看。更何况，他干吗要对二副说起他赚不赚钱的问题呢？"

他朝我坐着的地方望了望。乔克正坐在我旁边的内务箱上默默地抽烟，他慢慢地把烟斗从嘴里抽了出来。

"我看你说得有点道理，斯塔宾斯，有点道理。"他边说边点头。

斯塔宾斯仍盯着我。

"你怎么想？"他突然问。

在我看来，他话里有话，当然这也可能是我的想象而已。

我朝他看了看，并没直接说出自己的想法。

"我不知道！"我答道，有点心绪不宁，"我想说的是，我的印象中他不是在骂二副。"

"这正是我想说的，"他答道，"还有一件事——先是汤姆差一点摔下来，后是威廉姆斯，你不觉得这很奇怪吗？"

我点了点头。

"要不是束帆索,汤姆也早就完蛋了。"

他顿了一下。过了一会儿,他又接着说:"才过了三四个晚上就又发生了这件事!"

"唉,"普卢默问,"瞧你说到哪儿去了?"

"没什么,"斯塔宾斯答道,"只是这事太他妈见鬼了。这船居然这么不走运。"

"不错,"普卢默对此表示赞同,"最近发生的事是有点怪,今晚又发生了这事。我下次爬上去时得多留点神了。"

老贾斯凯特从嘴里拿出烟斗,轻轻叹了口气。

"好像每天晚上都有最糟糕的事发生,"他可怜兮兮地说,"和我们刚刚出海时相比,太不一样了。我看呀,说船上有鬼根本就是胡说八道,好像没什么鬼嘛。"

他停了一下,吐了口痰。

"船上本来就没鬼,"斯塔宾斯说,"至少也没有你们所指的鬼……"

他停了下来,好像是要努力抓住一些转瞬即逝的想法。

"什么?"贾斯凯特插了一句。

斯塔宾斯继续说了下去,并未理睬贾斯凯特的质询,他回答的与其说是贾斯凯特的问题,不如说是解释自己脑子中尚未成形的想法。

"事情好像很怪……今晚真糟透了。我一点也没听懂威廉姆斯在帆上所说的话。我有时在想,威廉姆斯心里搁着事……"

过了半分钟光景后,他接着说:"他那时在对谁说话呢?"

"呃?"贾斯凯特又插了一句,一脸疑惑的神色。

"我在想,"斯塔宾斯说,把烟斗对着内务箱磕了几下,把里面剩余的烟灰都磕掉了,"不管怎么说,也许你是对的吧。"

掌舵另有其人

大家聊着聊着就没有声音了,我们每一个人都心烦意乱、忐忑不安,唯有我还在一直思考那些相当令人讨厌的问题。

突然,我听到二副的哨声,他的声音随后从甲板上传了过来:"驾驶室换班!"

奎恩到门口去听了个仔细,回头说:"他在叫人到船尾去掌舵。你最好快点,普卢默。"

"几点了?"普卢默问,一边站起身,一边磕着烟斗,"一定是快四点钟了。下个轮到谁掌舵?"

"好吧,普卢默,"我说着从内务箱上站起身来,"我去。下一班轮到我了,只是现在离四点钟还有几分钟。"

普卢默又坐了下来,我走出首楼。走到艉楼时,我看见塔米在背风面来回走着。

"谁在掌舵?"我惊讶地问。

"是二副,"他用发颤的声音回答我,"他在等人来接替他。我一有机会就把所有事都告诉你。"

我继续向驾驶室走去。

"是谁?"二副问。

"是杰塞普,先生。"我答道。

他给我指明了航道,然后一个字没多说就沿着艉楼向前走去。当他走到艉楼边上时,我听见他叫了声塔米,接着和塔米谈了好几分钟,至于他说了什么,我没办法听清。就我自己而言,我非常想弄清为什么刚才是二副在掌舵。我知道,如果只是塔米控制不好舵,他也不会这样做的。肯定是有怪事发生,我敢打包票,我必须把它弄个明白。

不久,二副从塔米身旁走开,开始在甲板的迎风面走来走去。有一次,他径直来到船尾,弯腰朝变速箱这边看了看,但没对我说一句话。过了一会,他顺着迎风面的梯子下到主甲板上。不久,塔米跑向变速箱的背风面。

"我又看见它了!"他一边说,一边紧张得快要喘不过气来。

"看见什么了?"我问。

"那东西。"他说着就向变速箱这边靠过来,刻意压低嗓音。

"那东西翻过了背风面的栏杆——从海里上来的。"他又加了一句,那语气就仿佛在说一件难以想象的事情。

我转向他,但天太黑了,没办法看清他的神情。我突然感到喉咙发干。"天啊!"我想。接着我又试图发起徒劳无功的抗议,但塔米打断了我的思考,他的声音里充满了烦躁和绝望。

"看在上帝的分上,杰塞普。"他说,"收起你那一套!没用的。我必须找个人聊聊,不然我会发疯的。"

我明白这样假装自己一无所知已经没有任何用处了。其实,我的确一直知道内情,只是尽量不去和塔米谈这事罢了,这一点你们是知道的。

"说下去,"我说,"我会认真听的,但你最好留心二副,他随时都有可能出现在艉楼。"

好一阵子,他什么也没说,我看见他偷偷朝艉楼周围四处张望。

"说吧,"我说,"你最好快点,否则你还没说完他可能就来了。我上来接班时,他在这儿干吗?他为什么不让你掌舵?"

"不是他让我离开的,"塔米答道,转身面对我,"是我自己从舵旁逃开的。"

"为什么？"我问。

"等一会儿，"他答道，"我会把全部情况都告诉你。你知道是二副派我来掌舵的，那件事后……"他的头朝我靠过来。

"呃。"我说。

"我在这儿待了大概十或十五分钟，一直为威廉姆斯的事而耿耿于怀，我努力想把这事完全忘掉，让船保持航向，诸如此类。但就在这时，我刚好向船边瞥了一眼，看见它正爬过栏杆。我的天啊！我不知道该怎么办。二副当时正站在前面的艉楼边，而这里只有我一个人。我感觉自己都要吓傻了。当它向我走过来时，我丢下船舵，尖叫着逃向二副。二副一把抓住我，来回摇晃，但我已经吓得心神俱裂，一个字也说不出来了。我只能用手不停地指着那东西。二副一个劲地问我'在哪里'。就在这时，我突然发现那东西不见了。我不知道二副有没有看见，他到底看没看见我一点也没把握，他只是叫我滚回舵轮那去，不要把自己弄成个傻子了。我直接拒绝了。于是他就吹起哨子，叫另一个人到船尾来掌舵。然后他跑过去控制住舵轮。剩下的你都知道了。"

"你敢保证你不是因为想着威廉姆斯，才让自己觉得看到了什么吗？"我这样说，主要目的是想争取时间先思考一下，而不是我相信事情就是这样的。

"我原以为你会好好听我说！"他伤心地说，"如果你不相信我，那二副看见的家伙又是什么呢？汤姆、威廉姆斯看见的又是谁呢？看在老天的分上！别再像上次那样糊弄我了。我就要崩溃了，我真的想找个愿意听我说，又不会嘲笑我的人好好说说。什么事我都能承受，就这不行。做做好人吧，别再假装你不懂了。快告诉我这到底是怎么回事，我两次见到的这个可怕的人是什么？你知道一些事情，我觉得你害怕告诉任何人，因为担心会被嘲笑。你为什么不告诉我呢？你不用担心我嘲笑你的。"

他突然停了下来。一时间，我什么也没说。

"别把我当孩子，杰塞普！"他激动地喊道。

"我不会的，"我说，我突然下定决心要把所有事都告诉他，"我心情和你一样糟，也想找个人聊聊。"

"那这一切是怎么回事呢？"他突然问道，"它们是真的吗？我以前总觉得这是胡扯。"

"我真的不知道这是怎么回事，塔米，"我答道，"我和你一样在黑暗中摸索。我不知道它们是否真的存在——换句话说，不是像我们通常意义上的存在。你不知道，我也在主甲板上看见过一个奇怪的人影，就在你看见这东西的前几个晚上。"

"你没看见这个吗？"他立刻插了一句。

"见过。"我答道。

"哼,那你干吗还假装没见过呢?"他责备道,"你不知道你把我带到一个什么样的境地:我确信我看到了,而你却十分肯定什么也没有,有段时间我想把脑子里的疑点都清除得一干二净——一直到二副看见那个人在主桅上。后来,我明白了,我确实见过的那东西肯定大有名堂。"

"我想,也许,如果我告诉你我什么也看见,你也许会认为自己搞错了。"我说,"我想让你误以为这只是自己的幻想,或是一场梦,或诸如此类的东西。"

"但你却一直惦记你见过的另一个东西?"他问。

"是的。"我答道。

"你装得太像了,"他说,"但这可没任何好处。"

他停了一会儿,然后继续说:"威廉姆斯真不幸。你猜他在船帆上看到什么了吗?"

"我不知道,塔米,"我说,"这很难说清楚。这也许只是个意外。"我仍犹豫不决,不想告诉他我真正的想法。

"那他为什么提到赚钱?他在对谁说?"

"我不知道。"我重复了一遍,"他整天想着要在船上赚一笔钱。你知道,当所有人都选择离开这艘船时,只有他特意留了下来。他告诉过我,他是不会因为任何人而被骗下船的。"

"其他人干吗要离开呢？"他问，就在这时，一个想法在他脑中突然闪现，"天啊！你想想，他们是看到什么而被吓走的吗？这很有可能。你知道，我们只是在旧金山成为这艘船上的一员。船都要启航了，船上还没有学徒。因为我们这艘船被卖掉了，所以他们才派我们把船从这儿护送回去。"

"他们也许是这样想的，"我说，"的确，从威廉姆斯告诉我的来看，我相当肯定，他一个人猜到或知道的刺激景象比我们能想到的还要多。"

"可是现在他已经死了！"塔米忧伤地说，"我们现在再不能从他那里发现什么了。"

他沉默了好几分钟，然后转到另一个话题上。

"大副他们值班时没有发生什么吗？"

"发生了，"我答道，"最近发生了好几件事，都奇怪得很。他们中有些人也在谈论这些事。但大副本人太固执了，以至于任何异象都觉察不到。他只会斥责他的手下，认为都是他们搞的鬼。"

"不过，"他坚持说，"好像我们当班比他们当班时发生的事情要多一些——我是指更为严重的事件。你看今晚。"

"我们还没证据，你知道的。"我说。

他疑惑地摇了摇头。

"我现在每次到帆上去都害怕得很。"

"废话！"我对他说，"那可能只是个意外。"

"别这样！"他说，"你心里清楚你并不是这么想的，千真万确。"

我没有立刻回应，因为我很清楚他是对的。我沉默了好几分钟。

然后他又说："这船闹鬼吗？"

我犹豫了一下。

"没有，"我最后说道，"我认为没有鬼。我是指，不是通常意义的。"

"什么意义上的呢？"

"呃，我有一个推测，有时候觉得它有点道理，有时候又觉得毫无道理可言。当然，这个推测可能完全是错误的，但在我看来，似乎只有这个推测才能解释我们近期碰到的一连串糟糕事。"

"继续说！"他紧张不安地说，一只手不耐烦地挥了挥。

"呃，我感觉这船上没什么东西会伤害我们。我真不知道怎样说才能表达清楚，但如果我说的有道理的话，问题恰恰出在这艘船身上。"

"你是什么意思呢？"他不解地问道，"你还是认为这艘船在闹鬼？"

"不！"我答道，"我刚才告诉过你我不是这个意思。等我把话说完。"

"好吧！"他说。

"就说你今晚看到的那个东西吧，"我继续说，"你说它翻过背风面栏杆，向艉楼这个方向走来？"

"是的。"他答道。

"呃，我曾看见的那个东西也是从海里上来然后又回到海里去的。"

"天啊！"他感叹道，然后又说，"是的，继续说吧！"

"我的想法是，这船对那些东西来说是畅通无阻的，它们可以随意来去。"我解释道，"它们是什么，我当然也不知道。它们看起来像人——在很多方面都像。但是呢，上帝才知道这海里有些什么。当然我们并不是要想象什么愚蠢无用、不着边际的事。但你知道，要是我们将什么事都看成是愚蠢无用的，似乎才是愚笨的做法。这就是为什么我在脑子里把这些问题想了无数遍却始终找不到答案。它们是有血有肉的生命，还是我们称之为鬼魂或幽灵的东西？我真的是一点头绪都没有。"

"它们不可能是有血有肉的，"塔米打断了我，"它们会住哪里呢？此外，我看见的第一个东西，我想我能看穿它的身体。最后一个……二副本应该看到的，它们会淹死的……"

"不一定。"我说。

"哦，但我肯定它们不可能是有血有肉的，"他坚持说，"不可能……"

"鬼魂说也一样——当你感到合理时，"我答道，"但我并不是说它们一定有血有肉，不过，我也不能一口咬定它们就是鬼魂——不管怎么说，我现在还不能下判断。"

"它们来自哪里呢？"他问，这话问得够傻的。

"从海里来，"我告诉他，"你自己看到的！"

"那怎么没发现它们爬上其他船只呢？"他说，"这你怎么解释？"

"在某种程度上——尽管有时这看上去有些疯狂——但我认为我能对此做出解释，是凭我自己的推测。"我答道。

"怎么解释呢？"他又问。

"怎么解释？我认为这船对它们来说是畅通无阻的，这我已告诉过你了——无掩蔽，没防护，或者你想叫它什么都可以。我想说，如果我们认为有形世界与无形世界是被区隔开来的，这本来是合理的。但在有些情况下，中间的界限可能会被打破。这艘船碰巧遇上了。如果的确如此，那这只船对于其他生存形态生物的进攻就毫无抵御能力了。"

"是什么让它变成这样？"他语带敬畏地问。

"天晓得！"我回答说，"也许与磁场有关，可是你不懂，我也并不真的了解。平心而论，我有时一点也不相信这些。我不是那样的人。但我不知道！船上也许发生过什么糟糕的事情。又或者，这更可能是一群超越我们认知的东西。"

"如果它们是无形的，它们会是幽灵吗？"他问。

"我不知道，"我说，"很难说清我的想法，你知道的。我有种奇怪的感觉，我的脑子可能认为确实如此，但我想我心里并不这么认为。"

"接着说！"他说。

"呃，"我说，"假如说地球上居住着两种生命形式。我们是一种，它们是另一种。"

"接着说!"他说。

"呃,"我说,"在正常情况下,我们可能难以理解另一种形式的真实性,这你不懂吧?但它们对于它们自己来说却是真实而又有形的,就如同我们看待我们自己一样。这你能懂吧?"

"能,"他说,"接着说!"

"好,"我说。"它们也许和我们有一样的体验,地球是真实可感的,我是说,地球本身的某些特质对于人类来说是必不可少的,对于它们来说,可能也是至关重要的,但我们人类却无法理解它们的真实性,或地球之于它们真实可感的部分。这很难理解。你懂吗?"

"懂,"他答道,"说下去。"

"呃,如果我们身处所谓的正常环境中,我们就无法看到或是感觉到它们了。它们也一样。但越是像我们现在这样,它们在我们眼中就越显真实,懂了吗?也就是说,我们就越能鉴别出它们的外形。就这么多,这事我也只能解释到这了。"

"那么,你到底是不是真的认为它们是幽灵,或者类似的东西?"塔米说。

"我想可以这么推断,"我答道,"我的意思是,不管怎样,我认为它们并不是我们所指的有血有肉的东西。不过,当然,滔滔不绝地说这么多真是太傻了。但无论如何,别忘了,你必须记住,我也许大错特错了。"

"我认为你应该把这些都告诉二副。"他说,"如果事情的确如你所言,这只船就应该在最近的港口靠岸,直接烧掉算了。"

"二副也无能为力,"我答道,"就算他全部相信了。更何况我们也没有把握他会相信我们的话。"

"也许不会,"塔米答道,"但如果你能让他相信,他可能会把整件事情的来龙去脉都向船长解释清楚,然后我们可以做点什么。听之任之是很危险的。"

"他只会再次沦为众人的笑柄。"我有点绝望地说。

"不,"塔米说,"今晚发生这样的事情,以后不会再有人嘲笑他了。"

"也许不会。"我迟疑地答道。就在这时,二副回到艉楼,塔米立刻从变速箱那里溜走了,只留下我一人为下一步到底该怎么办而瞻前顾后。

薄雾迷蒙

我们中午把威廉姆斯海葬了。可怜的家伙！太突然了。船上的人整天垂头沮丧、提心吊胆，人们都在谈论船上有不祥之物。他们要是了解我和塔米——也许还包括二副——就好了！

接着又发生了一件事——起雾了。现在我已记不得雾是在什么时候起的：是在我们安葬威廉姆斯的那一天呢还是在第二天？

我刚开始注意到雾时，和船上其他人一样，以为那是太阳光热量引发的雾霾，因为雾起的时候天刚好大亮。

风渐渐减弱，最后只剩下一点微风，这时我正与普卢默一同捆绑主桅索具。

"好像在起雾。"他说。

"是的。"我说,说完就没有再多看一眼。

他马上又开口说道:"雾好像越来越浓了!"他的语气中透露出惊讶来。

我匆匆抬头看了看。起初,什么也没看到。稍后,我明白他的意思了。周围的空气飘飘荡荡,呈现出一种怪异反常的样子,有点像发动机换气孔在冒烟之前排出的热气。

"一定是太热了,"我说,"虽然我不记得以前曾碰到过这种情况。"

"我也没见过。"普卢默表示赞同。

还没过一分钟,我又抬头看了看,惊讶地发现,这时候整只船都笼罩在一片薄薄的雾纱里,连远处的地平线都几乎看不见了。

"天啊,普卢默!"我说,"太奇怪了!"

"是的!"他说着朝周围看了看,"我以前从没见过这样的情景——在海上也没见过。"

"不可能是热量造成的!"我说。

"不……不是。"他说话的语气中透露出不解之意。

我们俩又接着干起活来——偶尔聊一两句。过了不久,在沉默了一会儿后,我俯身让普卢默把长钉递给我。他弯下腰从甲板上长钉落下的地方拣起长钉。在把长钉递给我的时候,我看见惊讶之情突然爬满了他那刚刚还无动于衷的脸,他感叹了一声。

"哎呀!"他说,"雾散了。"

我立刻转过身去看。的确如此——整个海面清澈明亮,水天一色。

我盯着普卢默,他也瞪大眼睛看着我。

"哎呀,太让我吃惊了!"他喊道。

我想我没有回答他,因为我当时突然产生一种奇怪的感觉,觉得这不对劲。但仅过了一分钟,我又骂自己是头蠢驴,但却摆脱不了这种奇怪的感觉。我又朝海面望了望。我隐约觉得有些不一样了。大海看起来更明亮了,周围的空气在我看来也有点更加清新了,我好像忽略了什么,也就这些了,你们知道的。直到好几天后我才得知,当时在地平线上还有另外几艘船,这几艘船在起雾之前我们还能看得见,但现在全不见了。

一直到值班结束,实际上是一整天,再没出现过任何异常的迹象。只是,当夜幕降临的时候(在第二次换班时),我看见薄雾隐约升起——落日的余晖穿过薄雾,显得朦胧而不真实。

我那时才明白过来,这雾肯定不是由热量引起的。

这仅仅是开始。

第二天,我在甲板上值班时一直密切留意着周围的一切,空气依然清新而又纯净。但在大副他们值班时,掌舵的水手说他有段时间发现海面上笼罩着一层薄雾。

"起了点雾,又散开了。"当我问起这事时他是这样对我描述的。他认为雾可能是由热量引起的。

虽然我明知不是这样,但我并没有反驳他。那时,还没人,甚至包括普卢默在内,看上去有好好想过这事。我曾对塔米提过,问他有没有注意到,他只说这可能是因为天气太热的缘故,就是太阳在蒸发水分。我于是没再深究,因为即使我暗示这事并没那么简单,也毫无益处。

然后,在第二天,又发生了一件事,令我惊奇万分,同时也证明了我怀疑雾起得蹊跷是对的。事情是这样的:

当时我们在值早班,五点钟敲响后,我正在掌舵。空中连一点云丝都没有,一眼能望到地平线的尽头。天气闷热,我一个人站在舵旁,几乎感觉不到风的流动,不由得昏昏欲睡。二副和其他人一起到主甲板上去了,他要监督这些水手完成他想让他们完成的工作,艉楼里只剩我一个人。

因为热,我不久就口渴了。为了解渴,我破例拿出身上的一块烟草,咬了一口在嘴里嚼着。过了一会儿,满口生津,我朝周围看了看,想吐口痰,却发现痰盂不见了。也许在擦洗甲板时,痰盂被拿到船头去了吧。既然艉楼没其他人,我就离开舵轮,信步来到船尾栏杆旁。为此,我才发现我压根就没想到过的东西——一艘全帆帆船，左舷受风，迎风航行，离我们右舷船尾只有几百码远。因为只有一点微风，所以船上的帆几乎都没有涨起来，船在波涛上一颠簸，船帆就随之拍打一下。航速似乎很慢，每小时肯定还不到一海里。在船尾，从桅上斜杆顶端上垂下一长串小旗子。显然，这艘船正在向我们发送信号。所有这些，我只是瞬间看到的。我站在那里，瞪大眼睛惊奇地看着。我很吃惊，因为在此之前我从没有见过这艘船。这么小的风，我意识到这船在我们的视野范围内一定至少行驶了好几个小时。我怎么也想不出合理的解释来解答我的疑惑。它的确在那里——这点我是非常肯定的。然而，我们之前从来没有发现它，它是怎么开过来的呢？

就在我这样目不转睛地盯着那艘船时，我突然听见身后传来舵轮快速旋转的声音。我下意识地跳了过去，一把抓住舵轮手柄，我不能让齿轮卡住。等我转身再去看那艘船时，令我十分不解的是，我再也找不到那艘船的任何踪迹了——眼前除了平静的海面以及向远延伸的地平线外，别无他物。我使劲眨了眨眼，把额上的头发拨开，再放眼望去，那只船仍是踪迹皆无——没有，你们知道，绝对没有任何异常之事，除了空气中偶尔传来一丝微弱的颤动，空荡荡的海面无边无际，一直到延伸到空旷的天际。

是船沉没了吗？我不禁暗暗问自己，当时我的确是满腹狐疑。我放眼扫视了一圈海面，仔细搜索船的残骸，但什么都没找到，连一个小鸡笼，或是一块零星的甲板物件都没有。无奈之下，我只好放弃这个念头了。

然而，当我站在那里时，又产生了另一种想法，或许是直觉吧，我暗自思忖，这艘消失的船会不会与船上这些天发生的那些怪事有什么关联呢？我突然想到，我刚才看见的那艘船并不是真实的物体，也许除了我的臆想，别无他物。我认真掂量着这一想法。这能解释船为什么会消失不见，除此之外，我想不出别的理由了。那船如果是艘真船，我敢肯定我们船上的其他人一定会在我之前见过它——我脑中一时间千头万绪，我竭力要理出个思路来。但就在这时，我脑中突然又闪现出那艘船的样子——每根绳子、每片帆、每根桅杆都历历在目，记忆犹新。我记得船在波浪上颠簸、船帆在微风中拍动的情景。还有那一串小旗！正在向我们发信号。最后，我仍然难以判断它的真实性。

最终我还是没能拿定主意，我侧着身子背靠舵轮站着，一边用左手稳住舵轮，一边巡视着海面，努力想发现些能给我们提供帮助的蛛丝马迹。

就在我四处张望之时，我好像又突然看到那艘船了。

原本那艘船要落后一点点，差不多在我们的船尾，现在和我们的船齐头并进了，但我无暇顾及这些，我沉浸在再次看见它的惊愕之中。

仅仅一瞥，我就看见了它——隐隐约约、摇摇晃晃，就像透过旋转的热气流，然后模糊，直至再次消失。我现在相信它的存在，它始终在我们的视野范围内，只不过我并不是一直能看见它罢了。它那摇晃模糊的奇怪样子给了些许提示，我回想起几天前飘忽怪异的空气，当时船四周还没有薄雾弥漫。我在心里默默把这两者联系在一起。那艘船并无任何奇特之处，奇怪的是我们，我们这艘船。这艘船上一定有东西阻挡了我或者船上的任何一个人看到那艘船。显然，那艘船是能够看见我们的，他们冲我们发信号，已经证明了这一点。换个角度想想，那艘船上的人以为我们对他们发出的信号故意这样不理不睬，不知道会怎么想我们。

打那以后，我越发感觉眼前的一切真是太怪了。甚至在那一刻，他们能够轻易地看见我们，不过就我们而言，整个海面却是空荡荡的。这种事竟然发生在我们身上，太令人费解了。

随后，我又产生了一种新的想法。我们这样已经有多长时间了？我困惑了好一会儿。到这时我才想起，起雾的那天早上，我们还看到过好几艘船，但打那时起，我们就一艘船也没看到过了。这让我不能不感到整件事蹊跷得很，因为那些船和我们同时返航，走的航线也是一样的。另外天气晴朗，风也没有出来捣乱，按照这样推算，这些船应该一直在我们的视线范围内。这一推断似乎毫无疑问表明，起雾了，我们就再也不能看见周围的船只了,这两者之间有关联。因此,我们有可能已经处于这种异常的"失明"状态将近三天了。

我脑中又闪现出那艘船在我们船尾不远处转瞬即逝的情景。我还记得,我突然产生了一种奇怪的念头,我是在时空之外看到那艘船的。你们知道,我曾有一段时间被这个想法的神秘之处牵着鼻子走,并且相信它也许就是事实真理反而忽略其他的可能性,这似乎正好解释了我自从在船尾看见那艘船后,脑中所产生的那些不太明确的想法。

突然,在我身后,船帆哗啦响动了一下,几乎在同时,我听见了船长的声音:"你到底想把船开到哪里去,杰塞普?"

我迅速回身抓住了舵轮。

"我不知道……先生。"我支支吾吾答道。

我甚至已经忘了我还在掌舵。

"不知道!"他喊道,"我是应该他妈的想到你不知道。右舷舵,你这个傻瓜。你这是要带着我们往后开了!"

"是,是,先生。"我说着,赶紧将舵打到右舷位置上。我的动作很机械,因为我当时仍沉浸在自己的思绪中,一时没回过神来。

随后的半分钟里,我只是迷迷糊糊觉得船长一直在朝我大声叫嚷。这种迷糊的感觉过后,我发现自己正神情茫然地盯着罗盘的盘面看,不过直到那时,我整个人还是懵的,完全没有看清现实。但现在我看到船已回到预定的航线上了。天晓得它刚才偏离了多大角度!

在意识到刚才差一点让船后退时,我突然记起另一艘船也曾改变它的位置。它最后一次出现是和我们平行行驶,而不是跟在我们的船尾。不管怎样,现在我大脑又开始工作了,直到那时,我为这个难以解释而又显而易见的变化找到了原因。当然是因为我们的船偏离航向才迫使它不得不和我们并排行驶。

真奇怪,所有这些虽然在我的脑中一闪而过,但却引起了我极大的注意——虽然只是瞬间——而我正被船长咆哮着。我想我当时几乎没意识到他还在朝我大喊大叫。不管怎样,我记得他接下来的动作是抓住我的肩膀使劲晃。

"你这个家伙,你这是怎么啦?"他继续喊道。而我只是像个傻瓜似的盯着他的脸,一句话都说不出来。你们知道,我似乎仍然无法说出实实在在、逻辑分明的话来。

"你他妈疯了吗?"他继续喊道,"你疯了吗?你中暑了吗?说话呀,你这个十足的白痴!"

我努力想说点什么,但嘴巴却不听使唤。

"我……我……我……"我说,又呆呆地停了下来。我完全正常,真的,但我被自己刚刚的发现给弄懵了,某种程度上,我好像跨越了时间的距离就要回到过去了,你们知道的。

"你是个疯子！"他又说。他把这话重复了好几遍，好像只有这样才能充分表达他对我的愤怒。然后，他松开我的手臂，向后退了几步。

"我不是疯子！"我突然喘着粗气说，"我不是疯子，先生，我和您一样正常。"

"那你该死的为什么不回答我的问题呢？"他生气地喊道，"你怎么了？你刚才怎么掌舵的？马上回答我！"

"我发现船尾右舷附近有一艘船，先生，"我立马答道，"它在向我们发信号……"

"什么！"他打断我的话，一脸怀疑的神色，"什么船？"

他迅速转过身去，朝船尾后面的海面看了看，然后又转过身来。

"这儿没有船！你干吗老是要那样瞎想呢？"

"有船的，先生，"我答道，"在那里……"我用手指了指。

"住口！"他说，"别和我说那些废话。你以为我瞎了吗？"

"我刚才看见了，先生。"我坚持道。

"不许你顶嘴！"他勃然大怒，不耐烦地说道，"我不许你这样！"

然后，他突然不说话了。他一步跨到我跟前，仔细看了看我的脸。我相信这老家伙一定以为我有点发疯了。不管怎样，他没有再说一句话就回艉楼边去了。

"图里普森先生。"他大声叫道。

"是的,先生?"我听见二副应声答道。

"派另一个人去掌舵。"

"好的,先生。"二副答道。

几分钟后,老贾斯凯特来换我了。我把航线告诉他,他又重复了一遍。

"发生什么事了,伙计?"我跨出门时,他随口问了我一句。

"没事。"我说着径直向船长站着的艉楼边走去。我向船长报告了航线,但这固执的老家伙根本没有理睬我。我下到主甲板时,又走到二副跟前向他报告了一遍。他很有礼貌地回答了我,然后问我刚才做了什么把船长给惹火了。

"我告诉他在船尾右舷附近有一艘船,正在给我们发信号。"我说。

"那儿没船,杰塞普。"二副答道,他看着我,一脸奇怪、不可思议的神色。

"有的,先生,"我正准备解释,"我……"

"好了,杰塞普!"他说,"到首楼去抽点烟,然后再过来帮我理一理踏脚索。你回来时最好带把卷绳木槌。"

我迟疑了一会儿,心里半是愤懑,但我想更多的是应该是疑问。

"是,是,先生。"我最后嘀咕了一声,转身回船头去了。

雾起之后

起雾之后,情况似乎瞬息万变。在接下来的两三天里,发生了许多事。

船长把我从掌舵岗位调离的那个晚上,我们这一班在甲板上的值班时间是从八点到十二点,我在十点到十二点时负责瞭望。

我一边在首楼顶上慢慢地踱来踱去,一边思考着上午发生的事。我首先想到的是船长。我在心里痛痛快快地骂了他一顿,骂他是个老笨蛋,是头十足的猪。一直骂到我突然想到,假设我处在他的位置上,来到甲板后发现船差一点就要往回开了,而掌舵的家伙却只一个劲地瞪着大海发呆,根本没有心思在舵轮上,我也一定会咆哮对方的。而我当时还像个傻瓜，告诉他另一艘船的情况。当然，我如果不是心神不定的话，绝不会做出这样的事情来。老家伙很可能以为我是疯了。

我决定不再把心思花在船长身上，转而想去想二副上午看我的眼神为什么那么怪异。他猜到的比我更多吗？如果真是这样，他干吗不愿听我说一说呢？

随后，我又想起了这场雾。整个白天我都在想着这件事。有一种想法吸引着我，非常强烈地吸引着我。这层真实可见的薄雾实际上是一种不易察觉的大气的外在物质形态，我们的船就是在这种大气层中向前航行。

我在甲板上走来走去，偶尔扫视了一下海面（几乎风平浪静），突然发现黑暗中有光在闪耀。我静静地站在那儿，死死地盯着。我想知道那是不是来自其他船只的光。如果真是那样，我们的船就不是被那种特殊的大气封得死死的。我弯腰向前，想再仔细瞧瞧。我发现，那光毫无疑问是位于我们船头左舷附近的某艘船上的绿灯发出的。那船明显想超过我们的船。而且，那艘船离我们太近，危险得很——灯光的亮度和照亮的范围均显示出这一点。那艘船正迎风航行，而我们则是顺风航行，因此，当然是我们让出航道。我立刻转身，用手环绕在嘴巴的周围，大声呼喊着二副。

"左舷船头有灯，先生。"

他的喊声马上传了回来:"在哪儿?"

"他一定是眼瞎了。"我心里嘀咕着。

"离船头大约两个罗经点,先生。"我叫道。

然后我转身去看那船到底有没有移动位置。然而,当我凑过去看的时候,发现眼前什么光也没有了。我跑到船头,靠在栏杆上向外张望,依旧什么也没看见——四周除了漆黑一片,别无他物。也许过了好几分钟,我就这样站在那里一动不动地看着。顿时,一丝疑虑袭上心头,这几乎是重演了上午发生的那件事情。显然,我之所以能看到前面的灯光,是因为笼罩在我们这艘船四周的那种无形的气体有一瞬间变得稀薄了。现在,它又浓了起来。但无论我是否能看清楚,我都能断定前面一定有艘船,而且近在咫尺。我们随时都有可能撞上去。我唯一的希望是,那艘船一旦发现我们这艘船没有让开航道后,会立即停下来让我们先过去,然后再从我们的船后驶过。我焦躁不安地等待、观望和倾听。然后,我突然听到甲板上响起了脚步声,负责报时的学徒来到了首楼顶。

"二副说他没看到什么灯光,杰塞普。"他说着走到我跟前,"灯光在哪?"

"我不知道,"我答道,"我自己也看不到了。那灯光是绿色的,离船头左舷大约有两个罗经点那么远。好像离我们的船很近。"

"也许是灯关掉了。"他说着使劲朝夜色看了看,大约有那么几分钟。

"也许吧。"我说。

我没告诉他,刚才灯光离我们如此近,即使眼前一团漆黑,我们现在也应该能看清那艘船的外形。

"你确定那是灯而不是星星吗?"他又朝前面仔细看了看,然后疑惑地问。

"哦!肯定不是星星。"我说,"也许是月亮,现在我开始这样想了。"

"别胡说,"他答道,"很容易弄错的。我该怎么对二副说呢?"

"当然对他说灯光不见了!"

"到哪儿去了呢?"他问。

"见鬼,我怎么会知道呢?"我对他说,"别问这样的傻问题了!"

"好好,别开玩笑了。"他说,转身到船尾去向二副报告情况了。

大约五分钟后,我又看到灯光了。它就在我们的船头附近,这说明它刚才为了防止两船相撞故意停了下来。我立刻大声告诉二副在离船头左舷大约四罗经点的地方出现了绿灯。天啊!刚才一定是差点就撞上了。那灯看上去好像没有一百码远。幸运的是,我们船没往前行进多少。

"现在,"我自言自语道,"二副会看到灯光的。也许那个该死的学徒也会知道他所说的星星是什么东西了。"

可就在我还这么想时,灯光逐渐暗了下来,最后完全消失。这时,我听到二副的声音。

"在哪里?"他大声问。

"又没了,先生。"我答道。

一分钟后,我听到他沿着甲板向我走来。

他走到右舷梯子跟前。

"你在哪儿,杰塞普?"他问。

"在这,先生。"我边说边向梯子的迎风面走去。

他慢慢爬上首楼顶。

"你一直大叫'灯光'是什么意思?"他问,"给我指指,你刚刚到底在什么地方看见的。"

我用手指了一下,他走到左舷栏杆边,朝前面黑漆漆的海面上望了望,但什么也没瞧着。

"它消失了,先生。"我壮着胆子提醒他,"虽然我已经看到两次了——第一次看到时,灯离船头大约有几罗经点那么远,这一次看到时,灯明显还在船头附近,但是两次几乎都瞬间熄灭了。"

"我一点也搞不懂,杰塞普,"他不解地说,"你确定那是船上的灯光吗?"

"是的,先生。是绿灯。离我们相当近。"

"我搞不懂,"他又说,"去艉楼,让学徒把我的夜视望远镜拿给你。快点。"

"是,是,先生。"我边答边转身向船尾跑去。

还不到一分钟,我就拿着他的望远镜跑了回来。二副戴上望远镜,朝下风面的海面上紧盯了一会儿。

他突然把望远镜丢在一边,转过身来猛地问我:"船到哪儿去了呢?如果它真像那样迅速停了下来,那它一定还没有走远。我们应该能看到它的桅杆、船帆呀,或者是船舱里面的灯,或者是罗盘箱灯,再或者是其他什么东西呀。"

"太怪了,先生。"我表示赞同。

"真他妈的怪了,"他说,"太怪了!我看你是弄错了吧。"

"不,先生。我肯定那是灯。"

"那船在哪儿呢?"他问。

"我说不准,先生。我对此也很不解。"

二副什么也没说,只是朝首楼顶迅速扫视了几眼——他的目光扫到左舷栏杆时停了下来,拿起望远镜又朝下风面看了看。他站在那儿也许有一分钟之久,然后一句话没说就顺着梯子下到艉楼去了。

"他真是给弄糊涂了,"我自言自语道,"要不就是他以为这只是我的幻想而已。"不管是哪一种,我猜他还在想这件事情。

过了一会儿，我开始想知道他到底是不是对真相有所觉察了。我才刚断定他猜到了真相，下一分钟又想他肯定什么也没猜到。我又突发奇想，要是把一切都告诉二副，情况会不会有所好转呢。我原以为，二副碰上的那些事，足以让他愿意听我把事情的原委细细道来。但我怎么也无法确定这一点。在他眼里，我很可能把自己弄成了个傻瓜，或者让他误以为我疯了。

我就这样边想边在首楼顶上来回走动。就在我走来走去时，我第三次看到了那灯光。那灯又大又亮，我能看清它正在移动。这再次表明它离我们一定非常近。

"当然了，"我想，"二副现在一定也亲眼看到了。"

我这次没有立刻大叫起来。我还是想让二副亲眼看看我并没有弄错。况且，我不想再冒那种我一叫灯立马消失的危险了。我死死地盯着它，一分半钟了，这灯光没有任何熄灭的迹象。我开始期盼二副的惊叫声，那说明他最终也看到了，但是左等右等，什么也没等到。

我忍不住了，跑到首楼顶后面的栏杆边。

"附近有绿灯，先生！"我用尽全身力气大喊。

但我耽搁得太久了。我刚一出声，灯就逐渐开始模糊，然后熄灭了。

我气得跺脚大骂，那东西在耍我。但是，我仍心存一丝侥幸，但愿船尾有人在灯光熄灭时刚好看到了它，虽然我知道这是徒劳无功的。

我随后就听到二副的骂声。

"灯个屁!"他叫道。

然后,他吹起哨子,从首楼出来了一个人,这个人跑向船尾找二副去了。

"下一个掌舵的是谁?"我听到他问。

"贾斯凯特,先生。"

"那就叫贾斯凯特立刻把杰塞普换下来。你听到没?"

"是,先生。"那人说着就朝船头走过来。

一分钟后,贾斯凯特摇摇晃晃地爬上了首楼顶。

"发生了什么事了,伙计?"他睡眼惺忪地问。

"那该死的二副!"我咬牙切齿地说,"我已经三次向他报告看见灯了,可那瞎眼笨蛋看不见,就派你来接替我!"

"灯在哪儿,伙计?"他问。

他朝四周黑漆漆的海面上望了望。

"我没看见灯呀。"他过了一会儿又说道。

"当然看不到,"我说,"灯消失了。"

"呃?"他问。

"消失了!"我气恼地重复道。

他转过身,在黑暗中默默地看着我。

"我要是你我就去睡个觉，伙计，"他最后说，"我也曾像你这样过。这时候什么也比不上美美地睡上一觉了。"

"什么？"我说，"像什么？"

"好了好了，伙计。明天早上你就会正常的。别担心我。"他的声音里充满同情。

我只叫了声"该死！"就下到首楼中去了。我想老家伙会不会以为我变成个傻子了。

"让我睡个觉，天啊！"我独自嘀咕着，"要是有人看见我今天所看到的一切然后还得忍受这样的奚落，谁还会有心思睡觉呢。"

我感觉糟透了，周围没一个人明白到底是怎么回事。好像只有我一个人才琢磨出点门道。随后我想到了塔米，我干吗不去船尾和他谈谈这事呢。我知道他肯定能理解我，那一定会让我好受些。

我冲动之下转身向船尾走去，径直向学徒住舱走过来。走到艉楼边时，一抬头就看见了二副的身影，他正斜靠在我头顶上面的栏杆上。

"谁？"他问。

"杰塞普，先生。"我说。

"你到这里来干什么？"他问。

"我过来找塔米说说话，先生。"我答道。

"你该回住舱休息了，"他说话的口气虽然有些不友好，但还是给我留了点情面,"睡觉要比四处乱窜好多了。你知道,你现在越想越离谱了!"

"我保证我没有,先生!我完全正常。我……"

"好了!"他厉声打断我的话,"你去睡觉。"

我低声骂了一句,又慢吞吞地往回走。我竟然被别人冤枉成不正常,我要疯了。

"上帝呀!"我自言自语道,"等这帮傻瓜知道这些事后再说……等着瞧吧!"

我穿过左舷门,走进首楼,在我的内务箱上坐了下来。我又气又恼又累。

奎恩和普卢默坐在一起,边打牌边抽烟。斯塔宾斯躺在他的床上,一边看着这两个人一边抽烟。我一坐下,他就探出头,用一种好奇、忧心忡忡的眼神打量着我。

"二副怎么啦?"他看了我一会儿后问。

我看着他,另外两个人也抬头看着我。我感觉我要是再不说点什么,就只能一走了事。我只好把这几天发生的事和盘托出。我已经受够了,知道努力给出解释也是没用的,于是我只是将事实如实相告,尽可能地少加入主观阐释。

"你说是三次吗?"斯塔宾斯在我说完后问道。

"是的。"我应声说。

"因为你看见了那艘我们看不见的船，今天上午船长才不让你掌舵的吧？"普卢默补充道，语气中带着思考。

"是的。"我又说。

我想我看见了他用一种意味深长的眼神看着奎恩，但我注意到斯塔宾斯只看着我。

"我猜二副认为你精神有点不正常。"他停了一下说。

"二副是个傻瓜！"我不满地说，"一个彻头彻尾的傻瓜！"

"那我可说不准，"他答道，"他肯定是觉得这事怪得很。我自己也一样不能理解……"

他说着说着就停了下来，只一个劲地抽着烟。

"我搞不懂二副怎么看不见呢。"奎恩不解地说。

好像普卢默用胳膊肘捅了捅他，让他别说话。普卢默看上去赞同二副的想法，这使我非常生气。但斯塔宾斯接下来说的话吸引了我的注意力。

"我弄不懂，"他谨慎地说，"不管怎样，二副不应该把你从瞭望哨上撵走。"

他慢慢地点着头，眼睛盯着我的脸。

"你什么意思？"我疑惑地问，心里隐约感觉他所了解得比我想象得可能要多。

"我是指二副会对什么如此有把握呢?"

他猛吸了一口烟,然后把烟斗从嘴边移开,向我这里靠过来。

"你从瞭望哨离开时,他没对你说什么吗?"他问。

"说了,"我答道,"他看见我到船尾去。他批评我越想越离谱了。他说我最好到首楼来休息下。"

"那你说了什么呢?"

"没说什么。我就回来了。"

"你干吗不问问他,他让我们爬上主桅去追赶所谓的鬼怪时,他是不是也想太多了呢?"

"我从来没这么想过。"我告诉他。

"你应该想到的。"

他停了下来,坐在自己的铺位上,想借火柴一用。

我把火柴盒递给他时,奎恩从他的游戏中回过神来,抬了抬头。

"可能是个偷渡者,这你知道的。你也无法肯定他到底是不是偷渡者,因为到现在还没有什么证据能够证明这一点。"

斯塔宾斯把火柴盒还给我,没接奎恩的茬又继续说道:"他叫你来睡个觉,是吗?我搞不懂他干吗要这么虚张声势。"

"你为什么说他虚张声势呢?"我问。

他若有所思地点了点头。

"我认为他知道你确实看到那灯了，他和我一样，对这些事看得一清二楚。"

普卢默从游戏中抬起头来听了听我们的对话，但什么也没说。

"那你不怀疑我是真看见了？"我有点惊讶地问。

"我不怀疑，"他坚定地说，"你不太可能连续三次弄错的。"

"不会弄错的，"我说，"我知道我看到那灯了，这是肯定的，但是……"我结巴了一下，"这太怪了。"

"这的确是太怪了！"他应声说，"真他妈的太怪了！船上最近发生了很多怪事。"

他沉默了几分钟，然后他突然说道："这不正常呀。我敢打包票太他妈不正常了。"

他吸了几口烟，每个人都沉默下来，过了一阵，我听到头顶传来了贾斯凯特的声音，他正朝着艉楼大喊。

"右舷船尾有红灯，先生。"我听到他大叫道。

"你看，"我说着头朝上指了指，"我大约是在这里看到那船的，现在应该移到那个位置了。它无法从我们船头附近穿过，只好停了下来，让我们先过，现在它又改变航向从我们船尾经过了。"

我从内务箱上站起身来，走到门口，另外三个人在后面跟着。我上到甲板时，听到二副在船尾边喊边赶过来，问灯在哪儿。

"上帝呀！斯塔宾斯，"我说，"我相信那讨厌的东西又没了。"

我们一起跑到右舷边，放眼望去，但船尾四周一片漆黑，连灯的影子都没看到。

"我什么灯也没看到呀。"奎恩说。

普卢默没说什么。

我抬头看着首楼顶，可以隐约分辨出贾斯凯特的身影。他正站在右舷栏杆边，两手举起来在眼睛上搭了个凉棚，显然他在仔细查看他刚才看到灯的地方。

"船在哪儿，贾斯凯特？"我喊道。

"我说不准，伙计，"他答道，"这是我碰到过的最荒谬的事了。刚刚那艘船还明明出现在那儿，一会儿就没了……一点踪影都没有。"

我转身看着普卢默。

"你现在是怎么想的呢？"我问他。

"好吧，"他说，"我得承认，一开始我还以为那是无中生有呢，以为是你弄错了，但现在看来你的确是看到东西了。"

我听到船尾有脚步声，有人沿着甲板走过来。

"二副来要解释了，贾斯凯特，"斯塔宾斯叫道，"这下你要挨顿臭骂了。"

二副从我们身旁走过,径直爬上右舷楼梯。

"什么事,贾斯凯特?"他快速地说,"灯在哪儿?我和学徒都没看到灯!"

"那东西他妈的消失得一干二净,先生。"贾斯凯特答道。

"消失了!"二副说,"消失了!你这是什么意思呢?"

"它刚才明明还在那儿,先生,就像我现在站在你面前一样清晰可视,可下一分钟它就不见了。"

"你告诉我的是什么鬼话!"二副答道,"你觉得我会信你吗?"

"不管怎样,那是事实呀,先生,"贾斯凯特答道,"杰塞普也看到了呀。"

最后一句他似乎是临时补上的。这老家伙原本还认为我需要好好睡上一觉来恢复正常,显然,现在他改变了他的想法。

"你这个老傻瓜,贾斯凯特,"二副厉声说道,"杰塞普那个笨蛋让你这又笨又老的脑袋瓜成为他思想的跑马场了。"

他停了一下,然后继续说:"你们到底他妈的都怎么了?你们干吗玩这种游戏?你们很清楚自己没看到灯!我把杰塞普从瞭望哨上撵开,然后你又来玩同样的把戏。"

"我们没有……"贾斯凯特刚要开口就被二副打断了。

"别胡扯了!"他说完转身下了梯子,从我们旁边迅速经过,连个招呼都没打。

"别看我，斯塔宾斯，"我说，"这就好像二副真的相信我们看到灯了一样。"

"我可说不准，"他答道，"他这人真让人搞不懂。"

除贾斯凯特外，其他的值班人员都一声不吭地离开了，八点钟时，我赶紧上床歇息了，因为我已经筋疲力尽了。

我们再次被派去值四点到八点那趟班时，我得知大副那一班也有船员在我们下去休息不久就看见了灯光，他也向上级报告了，但那灯立刻就消失了。据我所知，同样的情况发生了两次，大副大发雷霆（他认为那个人在捣鬼），差一点和那人动起手来——最后他也命令那人从瞭望哨上滚开，派另一个船员去接替他的位置。当然，另一个船员在值班时就算看到灯也不会报告大副了。这事也就这么搁下了。

接下来的那个晚上，在我们停止讨论消失的灯光之前，又发生了另外一些事，这些事使我们暂时无暇顾及这场薄雾以及由它引发的那种阻挡人的视线、非同一般的大气层。

呼救的人

就像我刚刚提到的，第二天晚上又发生了些事，这些事情即便没有引起别人的警惕，也让我充分意识到这只船上危机四伏，我们随时都有生命危险。

这个晚上，我们八点至十二点待在舱内休息，我对当晚八点天气的最后印象是：清风拂面，船尾上方的天空飘来一大块云层，看上去风力好像还会增强。

十一点四十五分时，我们被叫到甲板上来值十二点至四点这次班，从周围的声音来看，我立刻就判断出，微风徐徐，同时，我还能听到另一班人的声音，他们一边大声吆喝，一边用力拖拽着绳索，船帆在风中发出嘎嘎的声响,我猜他们正在将顶桅帆放下来。我看了一下表,我一直是将表挂在自己的铺位上,刚过四十五分,如果足够幸运,没准我们可能不用爬上船帆了。

我迅速穿上衣服,然后到舱门口去探探天气。我发现风从右舷后半部分转向右舷船尾,从天色来看,可能不久后风还会再大一些。

我抬头看了看,能隐约看出前后桅顶帆在风中哗哗作响,好一阵主桅上都没人,大副那一班的二等水手雅各布斯正跟在另一个人后面向帆上爬去。大副的两个学徒已经爬到后桅上了,其余的值班人员正在下面的甲板上忙着清理绳索。

我回到自己的床上,看了一下表——离敲钟只剩几分钟了,我提前备好了油布雨衣,因为外面看上去要下雨了。在我做这些事情的时候,乔克到舱门口去看了看。

"天气怎么样,乔克?"汤姆问,一边匆忙从他的铺位上下来。

"我想可能要刮大风了,你最好带上你的油布雨衣。"乔克答道。

钟响后,我们在船尾集合准备点名,点名耽误了相当长的时间,因为大副非要等到汤姆(汤姆像平常一样只有等到最后一分钟才会从他的床铺上下来)来到船尾应了到后才开始点名。汤姆果真最后一个到,等他来后,二副和大副一起好好教训了他一顿,大骂他是个懒虫,几分钟过后,我们才向船头走去。这本身是件小事,但却给其中一个船员带来相当严重的后果。就在我们走到前桅索具旁时,头顶突然传来一声疾呼,这喊声竟然比风声还要大,下一刻,有东西砸了下来,砰的一下,重重落地,正好砸在我们的这群人中间,乔克被那件又大又重的东西砸了个正着,他都没来得及说句话,只大叫了一声令人毛骨悚然的"啊哟",就应声倒地。我们一群人吓得尖叫起来,一起向亮着灯的首楼跑去。我毫不羞愧地说,我也跟着大家一起向首楼跑去。一种盲目的、不可理喻的恐惧席卷了我的心神,我根本无法停下来好好想想这件事。

我们一群人跑到首楼里后,有了灯光,才慢慢回过神来。我们都站在那里,面面相觑了好一会儿。然后,才有人开始问起这件事来,大家都小声回答"不知道"。我们全都感到羞愧难当。有人伸手取下挂在左舷一边的灯笼,我取下了挂在右舷一边的灯笼,大家匆忙向左右舷门拥过去。我们陆续走出首楼到了甲板上,这时我听见大副和二副的喊叫声。他们明显从艉楼上下来了,看看发生了什么事,但天太黑了,我根本无法看清他们所处的位置。

"你们该死的都跑到哪里去啦?"我听见大副在咆哮。

紧接着,他们一定是看到我们的灯笼了,因为我听到了他们的脚步声,他们正沿着甲板跑了过来。他们是沿着右舷边跑的,就在前桅索具的后面,其中一个脚被绊了一下,摔在一些东西上了。被绊倒了的是大副,我是从随后直接传来的咒骂声猜出是他。他站起身,显然没有停下来看看到底是什么东西让他摔了一跤,他一下子冲到系索栓座旁。二副跑进我们灯笼能照到的范围内后,停了下来,眼睛死死地盯着我们,面露怀疑之色。我现在对这并不感到意外,对大副接下来的行为一样也不惊讶,即便如此,在当时,我必须承认我并没有猜出他们的想法,尤其是大副。他从黑暗中冲向我们,公牛似的吼了一声,手里还挥舞着一根系索栓。我没有考虑到他所看到的景象——首楼里一大群人——足足两个班——都聚焦在甲板上,乱作一团,个个激动万分,一些家伙站在队伍里提着灯笼。在这之前,先是上面传来呼喊声,甲板上重物坠地的撞击声,接着又响起了船员们受惊后的喊叫声,还有许多船员奔跑的脚步声。他很可能把头顶传来的呼喊声当成了信号,把我们的行为看成是一场不折不扣的暴动了。的确,他接下来所说的话恰恰印证了这正是他的想法。

"要是你们胆敢再向船尾走一步,我就敲碎他的脸!"他拿着系索栓在我的眼前晃动,"我要让你们明白谁才是这儿的头!你们这到底要干什么?滚到你们的狗窝中去!"

他说到最后一句时,人群中发出了一声低低的吼叫,这个老恶棍赶紧后退了几步。

"别动,你们都别动!"我叫道,"先闭嘴。"

"图里普森先生!"我朝二副喊了一声,他这时一句话都插不进,"我不知道大副他妈的怎么了,但他应该知道这样对我们这一大帮人乱喊乱叫是没有用的,反而会引发船上的骚动。"

"过来!过来!杰塞普!这可不行!我可不许你这样说大副!"他厉声斥责道,"告诉我发生了什么事,然后到前面首楼去,你们所有人。"

"我们本来一开始就准备告诉你们的,先生,"我说,"但是大副不给我们任何人说话的机会。刚才发生了一场恶性事故,先生。从上面落了东西下来,正好砸在乔克身上……"

我突然停了下来,因为上面传来呼喊声。

"救命!救命!救命啊!"有人在大叫,接着开始尖叫。

"我的上帝呀!先生!"我叫道,"那是前桅顶桅帆上的人在叫!"

"注意听!"二副命令道,"注意听!"在他说话时,那叫声又传了过来——断断续续,似乎气喘吁吁。

"救命呀!……喔!……上帝呀!……喔!……救命呀!救——命——呀!"

突然,斯塔宾斯的声音响了起来。

"我们赶紧上去,伙计们!上帝呀!我们快上去!"他一下子跃到前桅索具上。我用嘴咬住灯笼柄,紧跟在他的后面。普卢默正要跟上来,被二副一把拽住。

"两个人足够了，"他说，"我也去。"他说着就跟在我的后面爬了上来。

我们像疯了似的快速爬上前桅楼，灯笼不是很亮，周围一片漆黑，我什么也看不见，当我们爬到桅顶横杆，离斯塔宾斯只隔着几根梯绳时，斯塔宾斯突然喘着粗气大声喊道："他们在扭打……打得……真厉害呀！"

"什么？"二副上气不接下气地问。

斯塔宾斯明显没有听到，因为他没有回答。我们爬过桅顶横杆后，接着爬到上桅帆索上。那里的风十分清新，头顶传来了拍打声，那是帆布在随风飘扬。自从我们离开甲板后，还没有其他的声音从上面传来。

现在，黑漆漆的头顶突然又传来一声歇斯底里的叫喊，那叫声异常奇特、狂野，在求救的尖叫声中还混杂着粗野的、上气不接下气的咒骂声。

斯塔宾斯爬到顶桅帆桁的下面后停了下来，朝下看了看我。

"快点爬……拿着……灯笼……杰塞普！"他一边喘气一边喊道，"随时……都会出现……凶案！"

我爬到他的身边，把灯举起来递给他，他弯腰从我手中接过灯笼。然后，他把灯笼举过头顶，又向上爬了几根梯绳。就这样，他爬到了与顶桅帆桁平行的位置。我落后他一点点，从我的位置看过去，灯笼似乎只在桅杆上投下了几缕飘忽不定的光线,但那也让我摸到了一些门道。我首先朝迎风面看了过去,立刻发现迎风面的帆桁臂上根本没东西。我的目光又从那移到了下风面,我隐约发现有东西吸附在帆桁上,正拼命挣扎着。斯塔宾斯弯腰拿着灯笼朝那边照了过去,这样我就能看得更清楚了,原来是二等水手雅各布斯。他把右臂紧紧缠绕在帆桁上,然后用另一只手保护自己不被身体另一侧的某些东西侵害,那些东西在帆桁的更远处。他时而痛苦呻吟、喘着粗气,时而大声咒骂。有一下,他像是被什么东西从帆桁上拉开,这时他像个女人似的尖叫起来。他整个态度都透露出无法战胜的绝望。我很难描绘出我当时看到这种奇特景象时的感受,我似乎看傻了,根本没意识到那是正在发生的真事。

那几秒钟,我瞪着双眼,喘不过气来,斯塔宾斯已经爬到桅杆的后面了,然后我又开始跟了过去。

二副所处的位置在我的下方,他看不到发生在帆桁上的事,他大声问我,想知道发生了什么。

"是雅各布斯,先生,"我朝下叫道,"他好像和一个位于他下风口方向的人在搏斗,但我也看不太清。"

斯塔宾斯爬到了背风面,现在他踩着踏脚索将灯笼举了起来,仔细向前张望着。我迅速爬到他身旁。二副也跟了上来,他并没有将脚踩到踏脚索上,相反他爬上了帆桁,站在那儿,紧紧拽住绳结,大声命令我们两个人把灯笼递给他。我从斯塔宾斯手中接过灯笼后递了过去。二副伸长手臂将灯笼举得高高的，以便让灯笼的光能照亮帆桁的背风面。光线从黑暗中透了出来，落在了雅各布斯的身上，此时的他如此诡异地挣扎着，可除他之外，周围漆黑一片。

我们把灯笼向上递给二副时，中间耽搁了一小会儿。不过现在，我和斯塔宾斯已慢慢沿着踏脚索挪了出来。虽然我们行动缓慢，但还是壮着胆子向前挪动了一些，因为整件事实在是太稀奇古怪了。要把发生在顶桅帆桁上的奇怪景象向你们一五一十全都解释清楚，这似乎是不可能完成的任务，但你们可自己想象一下。二副站在横杆上，手里举着灯笼，身体随船身来回摇晃，他伸长脖子，沿着帆桁仔细端详。在我们左边，雅各布斯像疯了似的拼命反击，嘴里喘着粗气，时而骂骂咧咧，时而祈神保佑。在他的身畔，是阴影和黑夜。二副猛地开口说话了。

"先别动！"他说，然后，他叫道，"雅各布斯！雅各布斯！你听见我了吗？"

没人回答，只有连续不断的喘息声与诅咒声。

"继续朝前挪动吧，"二副对我们说，"但要小心。抓牢绳索！"

他把灯笼举得更高了。我们小心翼翼地往上爬。

斯塔宾斯挪到了雅各布斯身旁，把手在他的肩上拍了拍，安慰了下对方。

"忍耐一下,雅各布斯,"他说,"忍耐一下。"

他的手一碰到雅各布斯,年轻的二等水手就像被施了魔术一样立刻安静了下来。斯塔宾斯把手伸到雅各布斯身体的另一侧,抓住那边的稳定索。

"拉住雅各布斯的这一边,杰塞普,"他叫道,"我去拉他的另一边。"

我按照他的话做了,斯塔宾斯爬到他的另一边。

"这里没人。"斯塔宾斯朝我喊道,声音中并没有露出任何惊讶之意。

"什么!"二副大喊道,"那里没人!那史云逊到哪里去了呢?"

我没留意斯塔宾斯的回答,因为我好像在帆桁尽头的升机器的外侧看到了一个影子似的东西。我瞪大眼睛死死地盯着,那东西在帆桁上站了起来,我发现那是一个人影。它抓住升机器,开始迅速往上爬。它斜穿过斯塔宾斯头顶时,向下伸出一只模糊不清的手臂。

"小心!斯塔宾斯!"我大叫,"小心!"

"现在怎么了?"他吃惊地叫了起来。就在那时,他头上的帽子朝背风面飞了过去。

"该死的风!"他脱口骂道。

这时,刚才还在断断续续发出呻吟声的雅各布斯开始尖叫着挣扎起来。

"快抓牢他!"斯塔宾斯喊道,"他这样会自己栽下帆桁的。"

我用左臂抱住雅各布斯的身体——紧紧抓住他另一边的稳定索。接着我朝上看了看,我似乎看见我们上方有个阴暗模糊的影子,正快速向升机器上爬去。

"抓牢他,我去弄根束帆索。"我听见二副大声叫道。

过了一会儿,砰的一声,灯笼碎了,光消失了。

"该死,这会把船帆烧着的!"二副叫道。

我转过点身来,向他那个方向望去。我只能隐约看见帆桁上的影子。显然,灯笼是在他下到踏脚索时被打碎的。我的目光又转向了背风面的索具,我好像发现有些暗影从黑暗中潜入,但我没有十足的把握,我拿不准,随后,只一眨眼的工夫,它就消失不见了。

"出什么问题了,先生?"我叫道。

"出了点问题,"他答道,"灯笼掉下去了。可恶的船帆飘过来时正好击中了灯笼,它就从我手中掉了下去!"

"一切都会好的,先生,"我答道,"我想即便没有灯笼我们也能设法对付。雅各布斯现在似乎安静多了。"

"呃,你们过来时要小心。"他提醒道。

"来吧,雅各布斯,"我说,"来吧,我们一起下到甲板去。"

"走吧,年轻人,"斯塔宾斯插了一句,"现在好了。我们来帮助你了。"我们带着雅各布斯沿着帆桁开始移动起来。

什么也没说,他心甘情愿地接受了建议,开始移动起来。他看上去就像个孩子,有一两次,浑身发颤,但始终没说一句话。

我们领着他爬到了背风面的索具上,然后,一个人在他身旁,另一个人在他的下方,慢慢向下面的甲板爬去。我们移动得很慢——的确很慢——二副刚才还在上面停留了一会儿,将束帆索推向船帆的背风面——现在快下到甲板上了。

"把雅各布斯带到床上去休息。"他说着朝船尾走去,有一群人站在右舷艉楼前端下方的一个限制住舱门前,其中一人拿着灯笼。

我们匆忙赶往首楼,那里一片漆黑。

"他们带着乔克一起去船尾了,还有史云逊!"斯塔宾斯犹豫了一会儿才说出史云逊的名字。

"是的,"我答道,"你说得对。"

"我一直对这事有点怀疑。"他说。

我穿过门道,走进住舱,划了一根火柴。斯塔宾斯跟我后面,我俩在前面一起领着雅各布斯走到了他的床铺前,在我们的帮助下,他躺上了床。我们给他盖了好几条毯子,因为他浑身抖得厉害,然后我们离开了。从头到尾,雅各布斯一句话也没有说。

我们去船尾时,斯塔宾斯认为雅各布斯一定被这事弄得有点精神不正常了。

"他完全被吓傻了，"他继续说道，"无论对他说什么，他一个字都听不懂了。"

"明天早上或许会不一样。"我说。

我们快到艉楼，走到那群等候的人跟前时，他又开口说话了："他们把那些家伙放到二副闲置的住舱里去了。"

"是的，"我说，"可怜的家伙们。"

我们来到人群中，他们让开道，让我们靠近舱门，有几个人压低嗓子问我们，雅各布斯一切可好？我只告诉他们"很好"，其他什么也没说。

我走到门口，朝里面看了看。住舱里亮着灯，我能将里面看得一清二楚。舱内放着两个铺位，一个铺位上躺着一个人。船长也在那里，靠在散舱货上，他看上去愁容满面，却一言不发——他好像沉浸在自己的思绪之中。二副忙着把一些小旗帜摆放在两具尸体上。大副正在说话，显然在告诉二副一些事情，但声音压得太低，我只能艰难地听到几个词。在我看来，他似乎脾气好了不少。我只听到了一些片段，大体如下。

"……断掉，"我听到他说，"荷兰人……"

"我看到他了。"二副立刻答道。

"两个人，一连串，"大副说，"……其中三个……"

二副没答话。

"当然，你知道……事故。"大副接着说。

"是吗！"二副说，声音都变了调。

我看见大副用一种疑惑的眼神朝二副瞥了瞥，但二副正忙于盖住可怜的老乔克的脸，恰好没有注意到大副脸上的神色。

"它……它……"大副说着又停了下来。

犹豫一会儿后，大副又说了些话，但我没有听清，他的声音中似乎充满了恐惧。

二副好像没有听到似的，不管怎样，他没答话，只是弯着腰，把盖在下铺僵硬的尸体上的旗帜的一角抚平。他动作中带着一种慈爱的味道，我不由得心中一热。

"他脸都变白了！"我心里暗暗想道。

我在门外大声喊道："我们把雅各布斯放到他的铺位上了，先生。"

大副跳了起来，立马转过身来，两只眼睛瞪着我，好像见了鬼似的。二副也转过身来，但他还没来得及说话，船长就朝我这边跨了一步。

"他怎么样？"他问。

"还好，先生，"我说，"他有点不正常，但我想睡一觉后可能会好一些的。"

"我也希望如此。"他说着便走出了住舱,来到甲板。他径直向右舷艉楼楼梯走去,步履缓慢。二副走过去站在灯的旁边,大副匆匆瞥了二副一眼后也走出了住舱,跟着船长上了艉楼。这时我脑中突然闪过一个念头——大副无意中发现了部分真相。两场事故接踵而至!显然,大副已经在心里将两者联系在一块了。我努力回忆他曾对二副说过的那些只言片语。然后,我想起了发生在不同时间段的许多片段,大副曾对其嗤之以鼻,冷嘲热讽。我不知道他是否开始明白它们的意义——毛骨悚然的不祥之兆。

"啊!横行霸道的大副,"我自言自语道,"你要是开始有所领悟的话,你的日子就不好过了。"

突然,我的思绪又跳到了我们那晦暗的未来。

"上帝保佑我们吧!"我小声祈祷。

二副朝四周看了看,拨暗灯芯后走出了住舱,随手关上了门。

"现在,你们,"他对大副那一班船员说,"到船头去,我们现在没什么其他事可做了。你们最好去睡会儿觉。"

"是,是,先生。"他们齐声回答。

然后,当我们全都准备去船头时,他又问起瞭望哨有没有换好岗。

"没有,先生。"奎恩答道。

"该你去了吗?"二副问。

"是的,先生。"他答道。

"快去换下他吧。"二副说。

"是,是,先生。"那人边回答边和其他人一道去船头了。

我们要离开时,我问普卢默现在谁在掌舵。

"汤姆。"他说。

他说话时,几滴雨点落了下来,我朝天空望了望。天上早就乌云密布了。

"看上去要起风了。"我说。

"是的,"他答道,"我们马上就要收帆减速。"

"可能所有人都得去。"我说。

"是的,"他又答道,"如果是这样的话,那他们就不要去休息了。"

手里拿着灯笼的那个船员走进了首楼,我们跟了进去。

"我们这一班的灯笼呢?"普卢默问。

"在上面打碎了。"斯塔宾斯答道。

"怎么会打碎的呢?"普卢默又问。

斯塔宾斯迟疑了一下。

"二副把灯笼掉下去了,"我答道,"它被船帆或其他的东西击碎了。"

另一班的人似乎并不想马上就上床休息,他们有的坐在床铺上,有的围坐在内务箱上,纷纷点起了烟斗。这时,突然从首楼前方的铺位上传来了一声呻吟——那位置以往总是有点阴暗,因为只亮了一盏灯,现在就越发显得阴暗了。

"是什么声音?"其中一个船员问道。

"嘘——嘘!"斯塔宾斯说,"是他。"

"谁?"普卢默接着问,"雅各布斯?"

"是的,"我答道,"可怜的家伙!"

"你们爬到上面后,发生什么事了?"另一边的船员边问,边猛地抬了下头,朝帆桁方向指了指。

我还没来得及回答,斯塔宾斯就从他的内务箱上跳了起来。

"二副在吹哨!"他说,"快点。"说完他就跑到甲板上。

普卢默、贾斯凯特和我急忙跟了出去。舱外,雨已经下得相当大了。在我们往外走的时候,黑暗中传来了二副的声音。

"站在顶桅帆的收帆索和升帆索那去。"我听见他在大喊。紧接着他开始收帆,船帆发出空洞的砰砰声。

没几分钟,我们就将帆收好了。

"你们几个来把帆卷起来。"他大声喊道。

我向右舷索具走去,接着我又停了下来。其他人都一动不动。

二副走到我们跟前。

"快点,伙计们,"他说,"动起来。这必须做完。"

"我愿意去,"我说,"如果还有人愿意的话。"

仍然没有一个人站出来,也没人搭理我。

塔米穿过人群来到我面前。

"我去。"他主动请缨,声音中带着些许紧张。

"上帝呀,竟然没人答话!"二副突然说道。

他自己跳到主桅索具上。"来吧,杰塞普!"他喊道。

我跟着他往上爬去,但我对他的举动非常惊讶。我满以为他会严厉教训那些家伙一顿,没想到他竟然会默许这种行为。当时我只是有些困惑,但后来我才恍然大悟。

我刚起身跟在二副后面,斯塔宾斯、普卢默和贾斯凯特不久都跟了上去。

爬到大约一半时,二副停了下来,朝下看了看。

"你下面是谁,杰塞普?"他问。

我还没答话,斯塔宾斯就回答说:"是我,先生,还有普卢默和贾斯凯特。"

"见鬼谁叫你们现在爬上来的?马上下去,你们几个!"

"我们上去给您做个伴,先生。"他答道。

我满以为二副听到这句话又会大发雷霆,然而几分钟内我又猜错了一次。二副并没有责备斯塔宾斯,只是停了一会儿,一句话没说,又继续往上爬去。我们几个人跟在后面。爬到顶桅帆后，我们不一会儿就把活干完了，事实上，我们这么多人干这活简直不在话下。我们做完事情后，我注意到二副还在顶桅帆上停留了一会儿，一直等到我们都下到索具上为止。他已决定承担一切可能发生的危险，但我还是特意尽量靠近他，以便有情况的时候能随时待命。但直到我们又回到甲板上，什么事都没发生。我虽然说了什么事都没发生，但我这么说并不完全正确，因为二副爬到桅顶横桁时，突然发出了一声短促的叫声。

"发生什么事了，先生？"我问。

"没……没事！"他说，"没事！我膝盖碰了一下。"

但即便到了现在，我仍然认为他那是在撒谎，因为在那一班时间里，我还将听到人们发出这样的喊声，天晓得，他们为什么要这样叫。

邪恶的手

我们直接下到甲板后，二副命令我们："去整理后上桅帆的收帆索和升帆索。"说完带头赶往舯楼。他走到升降索旁边，准备降帆。我走到右舷收帆索旁边时，看见船长也到甲板上来了，我刚伸手抓住绳子就听到他大声对二副说："叫所有人都来收帆，图里普森。"

"好的，先生，"二副答道，然后抬高音量说道，"到船头去，杰塞普，叫所有人都来收帆。你最好提醒他们这是船长的命令。"

"是，是，先生。"我大声答道，然后匆匆离开。

我离开时听到他派塔米去叫大副。

我跑到首楼后，把头伸进右舷门，发现有些人正开始准备上床睡觉。

"所有人都到甲板上集合，一起去收帆。"我大声叫道。

我走了进去。

"我猜得一点都没错。"其中一人嘟囔了一声。

"都已经发生那样的事了，今晚我们是不会再爬上船帆了，难道他们他妈的还不明白吗？"另一个人问。

"我们刚才已爬到顶桅帆上了，"我答道，"二副和我们一起。"

"什么？"第一个人说，"二副也爬上去了？"

"是的，"我答道，"我们这一班人都上去了。"

"发生什么事没？"他问。

"没什么事，"我说，"什么事都没有。我们很快干完了活，又下来了。"

"都一样，"第二个人说，"不过发生了那样的事后，我可不想再爬上去了。"

"好，"我答道，"这不是想不想的问题。我们必须把帆都收好，否则就会有大麻烦。有个学徒告诉我晴雨表还在下降。"

"快点吧，伙计们。我们必须去收帆。"其中一个年龄稍长的人听我说完立刻起身说道，"外面天气怎么样，伙计？"

"在下雨，"我说，"你得带上油布雨衣。"

我转身回甲板前，又犹豫了一下。我好像听到了微弱的呻吟声，从前面阴暗的铺位上传了过来。

"可怜的家伙！"我自言自语道。

那位刚才说话的老伙计又开口打断了我的思绪。

"是这样的，伙计！"他颇为气愤地说，"你不必等了。我们马上就到。"

"好吧。我没多想。"我说完就向雅各布斯的铺位走去。他前些时候拆了一只旧包装袋，草草做成一对床帘，挂在床前挡灰。有人把床帘给他拉好了。为了好好看看他，我不得不把床帘拉到一边，他正躺在床上，用一种很奇怪的方式呼吸，忽快忽慢，时断时续。我虽不能完全看清他的脸，但在昏暗的灯光下，他的脸色看上去很苍白。

"雅各布斯，"我说，"雅各布斯，你现在感觉怎么样？"但没有任何迹象表明，他听懂了我说的话，就这样，过了几分钟，我重新拉上了床帘，然后离开了。

"他看起来怎样？"我走到门口时其中一人问。

"糟糕，"我说，"很糟糕！我想应该叫舱室服务员来看看他。我一会儿找机会和二副提一提这事。"

我来到甲板上，又跑到船尾去给那里正在收帆的人打下手。我们将帆拉起来，然后走到船头前上桅帆那里，一分钟后，另一班人也出来了，他们和大副一起忙着整理主桅上桅帆。

等主桅帆上的活都干完后，我们将前上桅帆升了起来，这样，三面上桅帆就都用绳子捆绑好了。一切就绪，就等收帆了。随后传来了命令声："爬上船帆去收帆！"

"你们几个人上去，"二副说，"这次别再当缩头乌龟了。"

在船尾主帆附近，大副那一班人似乎正成群结队地站在主桅旁边，周围太暗了，很难看个分明。我听见大副开始骂骂咧咧，接着传来了一声怒吼，大副随即闭上了嘴。

"动作利索点，伙计们！利索点！"二副大声叫道。

听到这话，斯塔宾斯跳到索具上。

"上来吧！"他叫道，"我们快点把船帆系牢，这样他们还没开始我们就能下去了。"

普卢默跟了上去，然后是贾斯凯特、我、奎恩。奎恩刚才在负责瞭望，现在也被叫过来帮忙了。

"干得好，伙计们！"二副大声鼓励道。然后，他跑到大副那边。我听见他和大副正对那群人说着什么，我们爬过前桅楼时，我发现他们开始跳上索具。

后来，我才弄清，二副目送他们离开了甲板后，立马就和四个学徒爬上后上桅帆了。

至于我们，正慢慢向上爬，你们知道的，我们一只手稳住身体，另一只手抓牢索具。就这样我们一直爬到桅顶横桁的最高处，不管怎样，斯塔宾斯第一个到达。但就在斯塔宾斯爬到最高处时,他突然像二副不久前那样叫了一嗓子,然后转身对着普卢默怒吼:"你这是想让我从这里飞下去吗?你要是该死的认为这是个玩笑,找别人去……"

"不是我!"普卢默不等对方说完连忙辩解,"我碰都没碰你。你他妈的骂谁呢?"

"骂的就是你呀!"我听到他回了一句,也许他还说了别的,但这时普卢默突然大叫一声,我们什么也没有听到。

"怎么了,普卢默?"我大声问道,"看在上帝的分上,你们俩别在上面干仗了!"

但普卢默回答我的只是一句受惊后的大声诅咒,紧接着,他扯着嗓子开始大叫起来,我偶尔还能听到斯塔宾斯的声音,后者还在恶狠狠地咒骂。

"他们这样会一起摔下去的!"我绝望地喊道,"他们肯定会像疯子样摔下去。"

我抓住贾斯凯特的靴子。

"他们在干什么?他们在干什么?"我大声问道,"你没看到吗?"我边说边摇着他的腿。但我一碰他,这个老傻瓜——我当时是这样认为的——竟开始惊恐地喊起来。

"哦!哦!救命啊!救——!"

"闭嘴！"我吼道，"闭嘴，你这个老混蛋。你要是撒手不管的话，让我先过去。"

但他喊得更厉害了。就在那时，我突然听到下面主桅楼方向很多人在恐怖地喧嚷着——咒骂声、受惊后的哭喊声，甚至还有尖叫声，响作一团，在这些声音之上，有人则在大声叫嚷着让我们下到甲板上。

"爬下来！爬下来！下来！下来！他妈的……"没有说完的话都淹没在了这个夜晚再次爆发出来的嘶哑的哭声中。

我努力要从老贾斯凯特身边爬过去，但他死死靠在索具上，或者更准确地说，是全身趴在索具上，在黑暗中我只能看清这些了。在他上面，斯塔宾斯和普卢默还在怒吼、咒骂，横桅索颤抖着，摇晃着，就好像这两人正疯狂扭打在一起。

斯塔宾斯像是在喊着什么东西，但这东西到底是什么，我并没有听清。

我一时不知所措，愤怒地摇晃着贾斯凯特，同时还用手戳了戳贾斯凯特，想让他动起来。

"贾斯凯特，你这个该死的！"我吼道，"你他妈真是个胆小的老傻瓜！让我过去！让我过去，你听到了吗？"

但他不仅没有给我让路，我发现他开始往下逃了。说时迟那时快，我用右手抓住他臀旁的裤子，用左手抓住他左臀上方的裤子，我就这样紧紧贴在老家伙的背上，然后我腾出右手越过他的右肩，抓住了他前面的衣服，抓牢后，我将左手移到与右手平行的位置，同时一只脚踩在一节梯绳上，这样我就能把自己垫高一点。然后我歇了一口气，抬头看了看。

"斯塔宾斯！斯塔宾斯！"我喊道，"普卢默！普卢默！"

就在我大喊大叫时，普卢默的脚——从黑暗中伸了下来——正好踩在我仰起的脸上。我右手松开索具，狠狠地打他的腿，嘴里还不停地诅咒他的笨手笨脚。就在他抬脚的时候，从上面飘来了斯塔宾斯的一句话，那声音格外清晰："老天呀，让他们快下到甲板上去！"他的声音大极了。

就在我听到这句话时，黑暗中有东西抱住了我的腰。我用空闲的右手拼命抓住索具，幸亏我抓得及时，因为就在那时，有东西把我狠狠地向外拽，我惊恐万分。我默不作声，只是用左脚对着黑暗的夜晚猛地一踢。感觉很怪，但我说不准我是不是踢到什么了。我实在是太害怕、太绝望了，但我的脚好像碰到了软绵绵的东西，那东西像是被我一脚踢下去了。这也许仅是一种假象般的触觉，但我却倾向于认为那是真的，因为我一脚踢出后，我的腰立马被放开了，我拼命抓住侧支索，赶紧往下爬。

之后发生了什么，我已记不大清楚了。我到底是从贾斯凯特身上滑下去的，还是他给我让了道，我自己也说不准。我只知道自己下到甲板时，已经魂魄俱散，然后我记得的下一件事情就是我周围挤满了水手，个个都在疯狂地大喊着。

搜救斯塔宾斯

在一片慌乱中，我发现船长、大副、二副已经来到我们中间，竭力想让我们平静下来。最终他们成功了，恢复平静后，我们被告知可以到船尾酒吧间去放松放松，大家一起拥向船尾。在酒吧间，船长亲自给我们每个人都斟上一大杯朗姆酒，然后指定二副去给大家点到。

二副先点的是大副那一班，那一班每位船员都回答了他。然后他开始给自己这一班的船员点名，他一定很不安，因为第一个点到的竟是乔克的名字。

众人都陷入沉寂之中，我听见高空传来了风的呼啸声，以及三面没来得及收起的船帆发出的啪嗒啪嗒声。

二副连忙叫了第二个名字："贾斯凯特。"他大声叫道。

"到。"贾斯凯特答道。

"奎恩。"

"到,先生。"

"杰塞普。"

"到。"我答道。

"斯塔宾斯。"

没有应答声。

"斯塔宾斯。"二副又叫道。

仍然没有。

"斯塔宾斯在吗?人呢?"二副的声音听起来又急又尖。

人群中一片沉默,接着,其中一个船员答话了:"他不在这儿,先生。"

"谁最后见到他的?"二副问。

普卢默跨步向前,来到灯光下,这光一直照到了酒吧间的门口。他既没戴帽子也没穿外套,身上的衬衫看上去也破烂不堪,像一条条碎布挂在身上荡来荡去。

"是我,先生。"他说。

站在二副旁边的船长朝他迈了一步,又停下来看着他,但还是二副先开口了。

"在什么地方？"他问。

"他刚才正好在我上面，在桅顶横桁上，当时，当时……"他突然停下来不说了。

"是的！是的！"二副答道，然后转向船长。

"一定要派人上去，先生，去看看……"他迟疑了一下。

"但……"船长刚要开口，又停了下来。

二副插了一句。

"我应该上去，算我一个，先生。"他平静地说。

然后他转过身来面朝我们。

"塔米，"他大声叫道，"从灯箱中取几盏灯来。"

"是，是，先生。"塔米答道，转身跑开了。

"现在，"二副对我们说道，"我想让几个人和我一道爬到上面去寻找斯塔宾斯。"

没一个人答话。我本该站出来主动请缨，但我一想到自己腰上那致命一击，为了保全性命，我实在鼓不起勇气来。

"快点！快点，伙计们！"他说，"我们不能把他一个人留在那儿。带上灯笼。谁愿意现在和我一起去？"

我站了出来。其实我心里害怕得要死，但如果再不站出来，我担心自己会羞愧至死。

"我和您一起去，先生。"我回答的声音不算大，内心紧张得很。

"这就对了，杰塞普！"他说话的语气让我的心情一下由阴转晴，我很高兴我站了出来。

这时，塔米拿着灯走了过来，他把灯交给二副，二副接过一盏灯，让塔米把另一盏灯交给我。二副将灯举过头顶，看了看周围那些迟疑不定的船员。

"好了，伙计们！"他大声叫道，"你们不会让我和杰塞普两个人上去吧。快点，再来一两个人！别表现得像一群该死的懦夫！"

奎恩站了出来，代表大家开口了。

"我不知道我们是不是表现得像一群懦夫，先生，但您看看他。"他用手指了指普卢默，普卢默这时还站在酒吧门口的灯光下。

"是什么把他弄成这样的呢，先生？"他继续说道，"而您却要求我们再上去一次！我们是不大可能匆促答应的。"

二副看了看普卢默，正如我前面所提到的那样，那可怜的家伙一身惨样，那碎成布条似的衬衫被穿门而入的微风吹得飘来飘去。

二副只是看了看，什么也没说，也许是普卢默那一身惨状让他无话可说了。最后还是普卢默自己打破了沉默。

"我跟您去，先生，"他说，"但灯笼不能只带两盏，两盏根本不够用，我们必须多带些灯。"

这老家伙真够胆,刚刚才经历过一场浩劫,现在竟敢主动请命,太让我意外了。但随后发生了一件更加不可思议的事。突然,船长——他一直很少发表意见——向前跨了一步,把手放在二副的肩头上。

"我也和你一起去,图里普森先生。"他说。

二副扭过头,惊讶盯着船长先生,过了一会儿才开口说话。

"不,先生,我并不认为……"他脱口而出。

"够了,图里普森先生,"船长打断了二副的话,"我意已决。"

他转向大副,大副这时站在旁边沉默不语。

"格兰奇先生,"他说,"带几个学徒到下面去找找,把那箱蓝灯和那些照明灯找出来分给大家。"

大副答了一句,立刻转身带着他那班的两个学徒赶往酒吧间去了。然后,船长转而面对大家。

"好,伙计们!"他说,"现在没时间磨蹭了。我和二副上去,我需要你们中的六个人和我们一起上去,人手一盏灯。普卢默和杰塞普已主动要求上去了,我还需要四五个人。站出来吧,伙计们!"

无论如何,现在没有任何退缩的理由了。第一个站出来的是奎恩,接着,大副那一班站出来三个人,然后是老贾斯凯特。

"够了,够了。"船长说。

他转向二副。

"格兰奇先生把那些灯拿过来了吗?"他语带怒气问道。

"拿来了,先生。"大副答道,他这时正站在船长身后酒吧间的门口,两手抱着蓝灯,身后是两个学徒,每个人手里都提着照明灯。

船长从他手中接过灯箱,哗啦一声打开箱子。

"现在,你们过来一个人。"他命令道。

大副那一班里的一个人跑了过来。

船长从箱子里拿出几盏灯,把其中一盏交给那个人。

"注意,"他说,"我们几个上去时,你到前桅楼上去,要让这盏灯一直亮着。你听明白了吗?"

"是,先生。"那人答道。

"你知道怎么点亮灯吗?"船长突然问。

"知道,先生。"他答道。

船长大声对二副说:"你们那一班的学徒塔米,他在哪儿,图里普森先生?"

"在这里,先生。"塔米自己回答说。

船长又从箱中取出另一盏灯。

"好好听着,小伙子!"他说,"拿着这盏灯,到船头甲板室去,就守在那儿。我们上去时,你必须替我们照着,一直照到有人爬到顶桅时为止。你懂了吗?"

"懂了，先生。"塔米边说边把灯接过去。

"等一下！"船长说，弯腰又从灯箱中取出另一盏灯，"有可能我们还没有准备好，第一盏灯就熄灭了。你最好再带上一盏，以防万一。"

塔米从二副手里接过灯，然后走开了。

"那些照明灯都已准备好了吗，格兰奇先生？"船长问。

"都准备好了，先生。"大副答道。

船长把一盏蓝灯塞进外套口袋里，然后站了起来。

"非常好，"他说，"人手一盏灯，要提醒大家务必带上火柴。"

他又郑重其事地对船员们说："我们一旦准备好了，大副那一班的两位船员就爬上吊索，然后让照明灯一直亮着。别忘记带上你们的石蜡油罐。我们到达上中桅帆时，奎恩和贾斯凯特就爬到帆桁臂上，在那里亮起照明灯。注意不要让灯离帆太近。普卢默和杰塞普跟着二副和我一起上去。每个人都清楚了吗？"

"清楚了，先生。"大家齐声答道。

船长似乎突然想起了什么，他转身走进酒吧间。大约一分钟过后，他回来了，把一个东西交给了二副，那东西在灯光的映照下闪着光。我发现那是一把左轮手枪，他另一只手里也握着一把，我看见他把那把左轮手枪放进侧边口袋中。

二副手里握着手枪，面露怀疑之色。

"我想用不着，先生……"他刚开口，船长就打断了他的话。

"你不知道会发生什么！"他说，"把枪放进口袋里。"

然后他转过身去面朝大副。

"我们爬到上面时，你来负责看守甲板，格兰奇先生。"

"是，是，先生。"大副答道，然后大声叫他的一名学徒把蓝灯箱子搬回了舱室。

船长转身领着众人向船头走去。我们向前走去时，两只灯笼的光照在甲板上，把那一堆上桅帆具照得清清楚楚。那些绳索互相缠绕在一起，乱成一团，我想这是他们冲到甲板时，因为过分激动乱踩乱踏而造成的。就在那时，突然间，眼前的景象似乎引发了我更加深刻的领悟，你们知道，我脑中闪过一个前所未有的念头：整件事是多么古怪呀……我有些绝望了。我暗暗问自己：这些惨不忍睹的意外事件最终会有一个什么样的结局？这种心情你们能理解吗？

突然，我听见船长在前面不远处大声喊叫。他想让塔米拿着蓝灯爬到甲板室上去。我们爬到前桅索具上时，塔米手中的蓝灯突然亮了起来，那奇异可怕的蓝光照亮了整个黑夜，在灯光的映照下，每一根绳索、每一片风帆、每一根桅杆都以一种奇异的姿态引人注目。

我现在发现二副早就拿着他的灯笼爬到右舷索具那儿了。他大声提醒塔米,让他别把灯笼上的火星溅到支索帆上,支索帆就堆放在甲板室的上面。然后,我听见有声音从左舷那边传来,那是船长在叫我们动作快点。

"快点爬,你们几个人,"他说道,"快点。"

被派往前桅顶的那个人就跟在二副身后。普卢默在我下面,和我隔了几根梯绳。

我又听见船长的声音了。

"杰塞普拿着另一盏灯笼到哪去了?"我听见他喊道。

"我在这里,先生。"我大声回应。

"把灯拿到这边来,"他命令道,"同一边是不需要两盏灯笼的。"

我快步跑到甲板室的前面。我看到船长了,他站在索具上,正快速往上爬,大副那一班的一个船员和奎恩跟在他的身后。我绕过甲板室后才看到了这幅景象。然后我向上一跃,顺手抓住桅梯第一级横杆,像荡秋千一样荡上了栏杆。但就在这时,塔米手中的蓝灯突然熄灭了,随后陷入漆黑之中,这似乎与刚刚形成了鲜明的对比。我站住不动——一只脚站在栏杆上,膝盖靠在桅梯第一级横杆上。在黑夜的映照下,我手中的灯笼发出的光似乎不过是一丝微弱、暗淡的黄光。在我上面,大约四五十英尺的地方,右舷联桅索具下面的几条梯索旁,闪烁着另一丝黄光。除此之外,周围漆黑一片。随后,上面——高处——黑暗中响起了一声怪异的哀号。至于那是什么,我也不知道,但听起来,令人毛骨悚然。

上面隐约传来了船长的声音。

"快点起灯,孩子!"他喊道。他还没说完,蓝光就又亮了起来。

我抬头盯着船长。他还站在蓝灯熄灭前的那个位置,其余两个人也一样。当我抬头看时,他又开始向上爬了。我朝右舷扫了一眼,贾斯凯特和大副那班的另一个人爬行的位置处在甲板室和前桅楼中间。在惨白的蓝光映照下,他们的脸上显得尤其苍白。在他们的上面,我看见二副站在联桅索具上,一只手将灯举过顶桅的一边,然后向上移动了一点,就消失在我的视线之外了。那个手拿蓝灯的船员紧随其后,随之也消失了。在左舷这边,船长正好在我头顶上方,他这时刚好跨出联轨护桅索。看到这里,我立即加快速度跟了上去。

等我靠近顶桅时,头顶突然闪过一道刺眼的蓝光,塔米手里的灯熄灭了。

我低头看了一眼甲板。上空的点点灯光投射出无数个左摇右晃、奇形怪状的影子,充斥了整个甲板。一群人聚集在左舷厨房门口——他们那仰着的脸,在一道道微光的映射下,显得苍白而虚幻。

接着我也爬上了联桅索具,不一会儿,又爬到顶桅上,站在船长身边。船长这时正对着那些吊索上的船员大声疾呼。左舷边的那个船员看起来动作比较笨拙,但终于——另一个人点亮照明灯后将近一分钟——他开始加速向前了。在这段时间里,站在顶桅上的那个船员点亮了另一盏蓝灯,我们就要爬到中桅索具上了。但船长先把身体靠在顶桅背面,停了下来,然后大声呼喊大副,让他派个人拿一盏照明灯到首楼顶上去。大副应了一声后,我们才开始继续向上,船长在前面领头。

幸好雨停了,风量看上去也没有增大多少。事实上,即使有,似乎也已经减弱了不少,但有什么把火焰吹到老高,偶尔还会吹出一条足足有一码长的弯弯曲曲的火蛇来。二副在中桅索具上大概爬到一半时,大声询问船长,要不要让普卢默先把照明灯点亮,船长说最好先等一下,等到我们爬到桅顶横桁时再点亮灯也不迟,那时他已经远离帆具了,这样就不大可能会烧着什么了。

我们快要爬到桅顶横桁时,船长停了下来,大声叫我把奎恩手里的灯笼递给他。他又向上爬了几条梯索后,然后和二副几乎同时停了下来,两人都把手里的灯笼举得高高的,抬头向望向黑夜。

"找到线索了吗,图里普森先生?"船长问。

"没有,先生,"二副回答说,"一点线索都没看到。"

二副抬高了音量。

"斯塔宾斯,"他大声喊道,"斯塔宾斯,你在那儿吗?"

我们竖起耳朵来听，也只听到了风鸣声，还有风吹动上桅帆所发出的啪嗒声，其他什么都没有。

二副爬过桅顶横桁，普卢默跟在后面。普卢默从顶桅帆后拉索爬了出来，点亮了他的照明灯。借着灯光，我们可以把周围的事物看得一清二楚，但在灯光所及之处，愣是没发现一丝斯塔宾斯存在的痕迹。

"带着那些灯爬到帆桁臂上去，你们两个人。"船长叫道，"快点！灯离帆远一点！"

两人又爬到踏脚索上——奎恩靠着左舷，贾斯凯特靠着右舷。借着普卢默手中的灯光，我能清楚地看见他们已经爬到帆桁上去了。我突然意识到，他们爬得很小心——这并不奇怪。当他们靠近帆桁臂时，已经超出了灯光能照到的范围，这样我就看不清楚他们了。几秒钟过后，奎恩手中的灯光随风飘了过来，但差不多过了一分钟之久，也没看见贾斯凯特的影子。

就在这时，从右舷帆桁臂的半明半暗处传来了贾斯凯特的咒骂声，几乎在同一时刻，又传来了有东西在摇晃的声音。

"怎么了？"二副叫道，"怎么了，贾斯凯特？"

"是踏脚索，先……先生！"他喘着粗气说完最后一个词。

二副拿着灯笼迅速弯下身，我缩在顶桅桅杆后面朝那边打量着。

"怎么回事，图里普森先生？"我听见船长在大叫。

贾斯凯特站在帆桁臂上开始大声呼喊救命,就在这时,借着二副的灯光,我突然看见中桅帆帆桁上面的右舷踏脚索在猛烈地摇晃着——不,也许更应该说,是剧烈地摇晃着。差不多在同一时刻,二副把灯笼从右手换到左手,然后用右手从口袋里唰的一下掏出枪,伸直手臂朝帆桁下方瞄准,只见一道闪光划过黑暗,紧接着是一声尖利、响亮的断裂声。这时,我发现踏脚索停止不动了。

"点亮照明灯!点亮照明灯!"二副喊道,"快点!"

从帆桁臂那里传来划火柴的噼啪声,紧接着闪出一团火光,照明灯亮了。

"这样好多了,贾斯凯特。你现在没事了!"二副朝贾斯凯特大喊道。

"发生了什么事了,图里普森先生?"我听到船长问。

我抬头看了看,只见船长干净利落地跃到二副跟前。二副向他做了解释,但他说话的声音不大,我没能听清他说了什么。

照明灯刚打在贾斯凯特身上时,他的样子吓了我一跳。他刚才一直蹲在那里,右膝支在帆桁上,左腿吊在帆桁和踏脚索之间,手肘弯曲着撑在帆桁上,就这样他还点亮了照明灯。但现在,他已把两脚抽回踩在了踏脚索上,身子仰卧在帆桁上,照明灯放在离帆顶稍低一点的位置。因为灯是放在帆的前方,我刚好可以看见比踏脚索稍低一点的地方有一个小洞,小洞中还透出一丝亮光。毫无疑问,那帆上的小洞正是二副刚才用子弹击穿的。

然后我听见船长朝贾斯凯特喊道：

"拿好你的照明灯！不要烧着船帆！"

他离开二副，重新爬回到左舷桅杆上。

在我的右边，普卢默手中的灯光好像越来越小了。我透过烟雾朝他脸上瞥了一眼，他并没注意到这一点，相反，他瞪大眼睛看着头顶上方。

"给灯添点石蜡吧，普卢默，"我朝他喊道，"灯很快就要灭了。"

在我的提醒下，他赶紧看了看手中的灯，然后高举着灯，看了看头顶的黑夜。

"看到什么了吗？"船长突然发现了他的异样，立马问了一句。

普卢默猛然一惊，瞪了眼船长。

"是顶桅帆，先生，"他解释道，"顶桅帆全部松开了。"

"什么！"船长问。

他站在与上桅帆索隔着几根桅梯横绳的位置，向前探了探身子，想看个仔细。

"图里普森先生！"他喊道，"你知道顶桅帆都松开了吗？"

"不知道,先生，"二副回答道，"如果真是那样,这事就更邪门了！"

"顶桅帆确实松开了。"船长说，他和二副又向上爬了几根横绳，两人保持在同一高度上。

我现在爬到桅顶横桁上面了,我的头刚好顶着船长的脚后跟。

突然,他大叫道:"他在那里!斯塔宾斯!斯塔宾斯!"

"在哪里,先生?"二副急切地问,"我看不到他!"

"在那里!在那里!"船长用手指了指答道。

我从索具上探出身来,顺着他的背部朝他所指的方向看过去。起初,我什么也没看见,然后,慢慢地,你们知道,在我的视线中出现了一个朦胧的身影,蹲伏在顶桅帆腹上,藏在桅杆的后面,时隐时现。我死死地盯着,渐渐地,我突然意识到那里有好几个人影,在距离我们较远的帆桁上,有一处高高隆起,也许是什么东西,只能在帆布的飘动中隐约可见。

"斯塔宾斯!"船长大声喊道,"斯塔宾斯!从那里下来!你听到我的话了吗?"

既没人下来,也没人应答。

"那儿有两……"我正要喊出声,他又喊了起来:"斯塔宾斯,从那里下来!你该死的听明白了吗?"

仍然无人应答。

"见鬼!我根本没看到他,先生!"二副从桅杆的另一侧叫道。

"没看到他!"船长非常生气地说,"我马上就会让你看到他了!"

他拿着灯笼向我这边探了探身。

"拿好，杰塞普。"他对我说。我接过灯来。

然后，他从口袋里拿出蓝灯，他这样做时，我看到二副从桅杆的背面看了他一眼。灯光昏黄不定，他显然对船长刚刚的行为产生了误会，因为他突然惊恐万分地大叫起来："别开枪，先生！看在上帝的分上，千万别开枪！"

"开他妈的什么枪！"船长大喊道，"你好好看看！"

他从灯上拧下了灯帽。

"那里有两个人影，先生。"我又朝他喊道。

"什么！"他大声说。就在这时，他把灯的一端在灯帽上擦了擦，灯一下子就亮了。

他把灯举得高高的，灯把整个顶桅帆桁照得像白昼一样，很快，有几个人影从顶桅帆上悄悄地落到上桅帆桁上。就在这时，那高高隆起的东西，在帆桁的中间站了起来，它朝桅杆跑了过去，然后我就看不到它了。

"上帝呀！"我听见船长气喘吁吁地说，他的手在侧边口袋中摸来摸去。

我看到那两个刚才跳到上桅帆桁上的人影顺着帆桁跑了起来——一个向右舷方向跑，另一个向帆桁臂跑。

在桅杆的另一边，二副的手枪猛地响了两下。然后，我的头顶又传来船长的两声枪响，船长接着又开了一枪，但究竟起到了什么效果，我也说不上来。就在他开最后一枪时，我突然注意到，有一个难以清楚辨认的东西顺着右舷顶桅帆桅杆滑了下来，正好落在普卢默的身上，但普卢默并没有注意，还在一个劲地盯着上桅帆桁看。

"小心上面，普卢默！"我尖叫道。

"什么？小心哪里？"他叫道，一只手抓住了顶桅帆桅杆，另一只手激动地晃着手中的照明灯。

奎恩和贾斯凯特的声音同时在上桅帆桁那响起，与此同时，他们手中的照明灯也熄灭了。然后普卢默大叫起来，紧接着他手中的灯也完全熄灭了。现在只剩下两盏灯笼和船长手中的蓝灯，几秒钟后，船长手里的蓝灯也熄灭了。

船长和二副在大声呼喊帆桁上的船员，我听见了他们那颤抖的应答声。在桅顶横桁上，我借着手中的灯光看到，普卢默正不知所措地抱着船桅的后支索。

"你还好吧，普卢默？"我叫道。

"没事。"他顿了一下说道，然后他又开始骂起来。

"从帆桁上下来，你们几个！"船长大声叫道，"下来！下来！"

我听到下面甲板上有人在叫喊，但听不清他们在喊什么。我头顶的船长手里拿着枪，不安地环视四周。

"拿好灯，杰塞普，"他说，"我看不清！"

在我下面，奎恩等几个人从帆桁爬到了索具上。

"你们几个到甲板上去！"船长命令道，"快点下去！"

"离开帆桁，杰塞普！"二副叫道，"和其他人一起下去！"

"下去，杰塞普！"船长立即说道，"下去！"

我爬上了桅顶横桁，船长跟了过来。二副在横桁另一侧与我们不相上下。就在他把灯笼交给普卢默的时候，我看见他手中的手枪闪了一下。就这样，我们几个人爬到了桅楼上。拿着蓝灯在这里站岗的船员已经离开了。后来，我才知道，那人手中的蓝灯刚一熄灭，他就回到甲板上去了。拿着照明灯站在右舷起重索上的船员也不见踪影，也是后来才得知，等我们几个爬上了桅楼后，他就匆匆抱住一根后支索滑落到甲板上了。他说他看到一个巨大的黑色人影突然从上面向他扑过来。当我听到这里时，我记起有个东西坠落在普卢默的身上。不过那个留在左舷起重索上的水手——就是那个没拿好照明灯的人——仍然待在我们离开他的地方，尽管他手中的灯现在已经很暗了。

"从那里下来，你！"船长大声说道，"快点，回到甲板上去！"

"是，是，先生。"那人一边回答，一边从起重索上爬下了来。

等那人爬到主桅索具上后，船长又叫他从桅杆下到甲板上去，自己正要跟下去，突然从甲板上传来了一声怒吼，然后是一声尖叫。

"让开，杰塞普！"船长大喊一声，纵身一跃，下到我的身边。

我听见二副在右舷索具那边也喊了一嗓子，然后我们一起竭尽全力往下爬去，我瞥见一个人影从首楼左舷门跑出来。不到半分钟，我们就回到了甲板上，众人正围着个东西站成了一个圆圈，但奇怪的是，他们并没有关注中间的那个东西，而是把目光投向了船尾的黑暗处。

"在栏杆上！"有几个人同时喊道。

"过栏杆了！"有人激动地叫道，"爬过栏杆了！"

"没什么东西呀！"人群中又有人叫道。

"安静！"船长大喊一声，"大副在哪儿？发生什么事了？"

"我在这儿，先生，"大副颤抖着在人群中央叫了起来，"是雅各布斯，先生。他……他……"

"什么！"船长说。"什么！"

"他……他死……我想他死了！"大副时断时续地说。

"让我来看一下。"船长说话的语气平稳多了。

大家朝一边让了让，给船长腾出了些地方。船长屈膝跪在了甲板上。

"把灯笼递过来，杰塞普。"他说。

我站在船长身旁，手里拿着灯笼。雅各布斯趴在甲板上，借着灯光，船长把他的尸体翻过了来，仔细查看起来。

"是的,"简短检查了下后,他说,"他是死了。"

他站起身,一声不吭地看了看眼前的尸体,然后转向二副。最后这几分钟,二副一直站在船长的身旁。

"三个人!"他神情严厉地低声说了一句。

二副点了点头,清了清嗓子。

二副好像想说点什么,然后转身看向雅各布斯,却什么也没说。

"三个人,"船长重复道,"从八点钟到现在!"

他又弯腰看了看雅各布斯。

"可怜的人!可怜的人!"他嘴里嘟囔着。

二副又用力清了一下嗓子,然后开口。

"我们应该把他安放在哪里才好?"他平静地问,"两个空床位都给占用了。"

"就把他放在那个下铺旁的甲板上吧。"船长答道。

雅各布斯被抬走后,我听见船长哼了一声,听起来就像是呻吟。其他人都到船头去了,我想他可能没有意识到我还站在他的身边。

"上帝呀!哦,上帝呀!"他一边低声嘟囔,一边朝船尾缓缓走去。

他有足够的理由呻吟,已经死了三个船员了,斯塔宾斯又去如黄鹤。我们再没见过他。

协商会议

几分钟过后,二副又回到了船头。这时我仍站在索具跟前,手里拿着灯笼,一副茫然不知所措的样子。

"是普卢默吗?"他问。

"不,先生,"我说,"我是杰塞普。"

"普卢默哪去了呢?"他问道。

"我不知道,先生,"我回答说,"我想他是去船头了。要我去把他叫来吗?"

"不,没必要,"他说,"把你的灯系在索具上——挂在桅梯第一级横杆上。然后去把普卢默的灯也拿来,也挂在右舷上面。做完这些事情后你最好去下船尾,去帮助灯舱室的两个学徒。"

"是,是,先生。"我答完就按照他的吩咐去做事了。我先从普卢默手中接过灯,挂在右舷桅梯第一级的横杆上,接着匆忙赶往船尾。我发现塔米与我们这班的另一位学徒正在灯舱里忙着点灯。

"我们要做些什么呢?"我问。

"船长下令把所有备用灯都找出来,点亮后全都系到索具上去,这样就可以把整个甲板照得通明,"塔米说,"就是点起来可真麻烦!"

他递给我两盏,他自己手中也拿着两盏。

"好了,"他一边说,一边跨到甲板上,"我们把这些灯挂好后,我想告诉你一些事情。"

"后桅怎么办?"我问。

"呃,"他回答说,"他(指另一个学徒)会去后桅。不管怎样,天很快就要亮了。"

我们把两盏灯挂到横杆上——每边挂两盏,然后他走到我跟前。

"我说杰塞普!"他坚决地说,"你必须把你知道的统统都告诉船长和二副。"

"你这是什么意思呢?"我问。

"嗨!这艘船本身的原因造成了这一切,"他答道,"你要是早听了我的意见把一切都告诉二副,今天的事也许永远不会发生!"

"这我可不知道，塔米，"我说，"我也许大错特错了呀。那只是我的一个想法而已。我什么证据也没有……"

"证据！"他插口道，"证据！今晚呢？我们已经有了我想要的所有证据！"

我犹豫了一下才回答他。

"我还是那个意思，"我最终说道，"我的意思是，我拿不出船长与二副可以相信的证据。他们绝对不会把我的话当真。"

"很快他们就会认真听取你的意见，"他回答说，"我们这一班都发生这么大的事了，他们愿意接受一切的可能。不管怎样，告诉他们真相就是你的职责！"

"他们还能做什么呢？"我沮丧地说，"按照这样的速度发展下去，我们所有人在下周结束之前都将玩完。"

"告诉他们真相，"他答道，"那是你必须做的事。你要是能够让他们意识到你是对的，他们会很乐意让这艘船在最近的港口靠岸，然后把我们全都送上岸。"

我摇了摇头。

"不管怎样，他们总得做点什么吧。"他见我在摇头赶紧这样劝我，"我们失去了这么多同胞，也就无法绕过合恩角了。要是遇上风暴就糟了，船上的人手已经不够了。"

"你忘了，塔米，"我说，"即使我能让船长相信我已经找到了这件事的真相，他也拿不出任何补救的措施。你难道没看出，如果我的猜测是正确的，就算我们成功了，我们也会像盲人一样……"

"你到底是什么意思？"他打断了我，"你怎么会认为我们会像盲人一样呢？我们当然看得见陆地呀……"

"等等！等等！"我说，"你还没明白。我不是告诉过你吗？"

"告诉过我什么了？"他问。

"我发现的那艘船，"我说，"我还以为你记得呢！"

"不，"他说，"什么时候？"

"嗨，"我回答说，"你还记得船长是什么时候把我从舵轮那儿打发走的吗？"

"记得，"他回答说，"你指的是前天上午那一班吗？"

"是的，"我说，"呃，你难道不知道是怎么一回事吗？"

"不知道，"他回答说，"是这样的吧。我听说你在掌舵时打瞌睡了，刚好被船长当场逮住。"

"这都是胡扯！"我说。然后我把事情的真相一五一十全都告诉了他。说完这些后，我又向他解释了下我的想法。

"现在你知道我的意思了吧？"我问。

"你是说这种奇怪的大气——或者不管它是什么——我们身处其中

后，它不让我们看到另一艘船？"他有点吃惊地问。

"是的，"我说，"但我想让你知道的是，另一艘船即便近在咫尺，我们都无法看见，同理，我们应该也发现不了陆地。实际上，我们已经集体失明了。你想想看！身处茫茫大海之上的我们，正像个再也看不见的盲人一样，四处乱窜。船长不可能有办法让这艘船进港，即使他想这么做也是白搭。甚至我们还没来得及有所反应，就被重重地甩到岸上了。"

"那我们该怎么做呢？"他问，声音中有些绝望，"你的意思是我们要坐以待毙吗？我们一定还能够再做点什么！这太可怕了！"

可能有一分钟的时间，我们俩一直在那几盏灯笼的灯光下走来走去。然后他又开口说话了。

"那我们可能会被撞沉，"他说，"也可能永远都看不到另一艘船？"

"是的，"我回答说，"不过，从我掌握的情况来看，毫无疑问，我们相当显眼，这样他们就能轻易地发现我们，并且避开我们，即便我们看不见他们。"

"我们可能在毫无察觉的情况下就撞了上去？"他顺着我的思路继续问道。

"是的，"我说，"除非另一艘船给我们让路。"

"但如果不是船呢？"他追问道，"比如一座冰山，一块岩石，甚至于一艘废弃的船。"

"那样的话,"我随口回了一句,"我们很可能会撞坏它。"

就这个问题他没有再说什么了。我们沉默了一会儿,然后他猛地开了口,像是突然有了想法。

"那天晚上的那些灯光!"他说,"是其他船只上的吗?"

"是的,"我回答说,"你问这干吗?"

"干吗?"他反问道,"你难道不明白,如果那的确是灯光,我们不就能看见他们吗?"

"呃,我想我应该知道,"我说,"你似乎忘记了,二副正是因为我在瞭望台发现了那些灯光而把我从那儿撵走了。"

"我不是那个意思,"他说,"你难道不明白,既然我们看得见那些灯光,这是否表明那大气一样的东西并不在我们周围呢?"

"这倒未必,"我答道,"它也许不过是大气中的一道裂痕。当然,也许我完全错了。但不管怎样,那灯光几乎一被看见就立马消失,这表明大气很有可能就在我们船的周围。"

我这番话使他开始有点认同我的想法了,等他再开口时,口气中已经不抱希望了。

"那你认为即便把一切都告诉二副和船长,都已经于事无补了?"他问。

"我不知道,"我答道,"我想过这事,这样做也并没有什么坏处。我倒很乐意去告诉他们。"

"如果是我,我会说出一切。"他说,"你现在也不必担心任何人嘲笑你了。这样做可能会有好处。你看见的比谁都多。"

他走着走着就停了下来,看了看四周。

"等一下。"他说着向船尾跑了几步。我看见他抬头看了看首楼前端,然后回来了。

"快点,"他说,"船长正在艉楼上和二副说话。这机会再好不过了。"

我仍迟疑不决,但是他抓住我的袖子,不容分说就把我连拖带拽,一直拉到背风面的梯子那儿。

"好吧,"到梯子那儿的时候我认命了,"好吧,我去。但我真不知道等到了他们跟前,我应该说些什么。"

"告诉他们你想和他们谈谈,"他说,"他们会问你想谈什么,然后你再把自己知道的统统都说出来。这会引发他们足够的兴趣。"

"你最好也来,"我提议,"很多事情我还得靠你。"

"我就跟在你的后面,"他回答说,"你先上去。"

我爬上楼梯,向船长和二副站着的地方走去。两人站在扶手旁谈得非常投入。塔米跟在我的后面。我走近他们时,听到了两三个字,但我并不知道那是什么意思,这几个字是:"……让他来。"然后他们两个人一起转过身看着我,二副问我想干什么。

"我想跟您和老……船长说点事,先生。"我答道。

"什么事,杰塞普?"船长问。

"我自己也不知道从何说起,先生,"我说,"是……是关于这些……这些东西。"

"什么东西?天啊,说出来。"他说。

"呃,先生,"我脱口而出,"自从我们驶离港口,就有某些或某种可怕的东西爬到船上来。"我看见船长迅速看了一眼二副,二副也看了看他。

船长接着问:"'爬到船上'是什么意思呢?"

"从海中,先生,"我说,"我看见过它们。塔米也看到了。"

他大声"啊"了一声。从他脸上的表情可以看出,他似乎明白了些什么。"从海中!"

他又看了看二副,但二副只顾盯着我。"是的,先生,"我说,"问题出在这艘船上。这船不安全!我已经观察过了。我想我只是想明白了一点点,还有很多事情我仍想不明白。"

我停了下来。船长转身看着二副,二副严肃地点了点头,然后我听到二副对着船长附耳低语了几句,船长也回应了,然后他又转过身来对着我说:"仔细听着,杰塞普,我直说吧。你给我留下印象是,你是水手中出类拔萃的，我想你够聪明，知道要守口如瓶。"

"二副已经警告过我了，先生。"我直接说道。

站在我身后的塔米有点惊讶，叫出了声。直到这时，他才知道有这么回事。

船长点了点头。

"这样就好办多了，"他回答说，"过段时间，我一定找你好好聊聊这事。"

他停了下来，二副压着嗓子和他说了几句。

"是的。"他说，好像是在回应二副。然后他又转向我。

"你看到有东西从海里爬了上来，你是这样说的吗？"他问，"好，现在把自己记得的一切统统都告诉我。从头说起。"

我开始从头讲起，每件事都讲得详详细细，从那个海里爬上来的奇怪人影一直讲到二副这个班发生的所有怪事。

我处处以可靠的事实为依据，船长和二副不时对视一番，点点头。最后，他突然朝我打了个手势。

"你仍然坚持认为，那天上午我把你从舵轮那攥走时，你看见一艘船了？"他问。

"是的，先生，"我说，"我当然是这么想的。"

"但你应该知道那儿根本没有船！"他说。

"有的，先生，"我辩解道，"的确曾经有的。如果您愿意听，我想我可以给您解释一下。"

"呃，"他说，"好吧。"

既然他愿意认真听我说，我所有的恐惧也就一扫而空了。我开始滔滔不绝地讲了起来，把我对那场薄雾以及随后发生的那些事情的看法都告诉了他，当然，那些事情似乎是由那场薄雾引起的。最后，我告诉他们塔米是如何缠着我，要求我到这来说出我所知道的一切。

"塔米认为，先生，"我接着说，"您可能会希望在最近的港口靠岸，但是我告诉他，即使您想，船也未必能靠得了岸。"

"为什么呢？"他饶有兴趣地问。

"呃，先生，"我回答说，"如果我们看不到其他船，那我们也就同样看不到陆地了。即便您把船停下来不走了，我们也不知道船此时身在何处。"

从这个角度来考虑这件事情，这给船长造成了极大的触动，我想对二副也是如此。两个人一时间都没有说话。然后船长突然爆发了。

"上帝呀！杰塞普，"他说，"如果你是对的，那就愿上帝可怜可怜我们吧。"

他顿了几秒钟，又开口说话，但我能看出他已经被这件事弄得神经兮兮了。

"我的上帝呀！如果你说的是对的！"

二副开口了。

"不能让其他船员知道这事，先生。"他提醒船长，"他们要是知道的话，那就麻烦了！"

"是的。"船长说。

然后，船长对我说："记住，别说出去，杰塞普。无论你做什么，我都不会反对，但就是不能把这事传出去。去船头吧。"

"不会的，先生。"我回答说。

"你也是，小伙子。"船长对塔米说，"不许透露半个字。我们现在已经够糟了，你可不能再雪上加霜了。你听明白了吗？"

"听明白了，先生。"塔米回答说。

船长又转向我。

"你说从海里爬上来的这些东西，或是生物，"他问，"你除了在夜里看到过它们，其他时候从来都没有见过吗？"

"没有，先生，"我回答说，"从来没有。"

他转向二副。

"据我推断，图里普森先生，"他说，"危险似乎只会发生在夜里。"

"危险总是发生在夜里，先生。"二副回答说。

船长点了点头。

"你有什么建议吗,图里普森先生?"他问。

"呃,先生,"二副回答说,"我想您每天晚上天黑前都应该减帆,以便做好抗击风浪的准备!"

他郑重其事地说出上面这句话,然后朝帆上看了看。几面上桅帆还没收起来,他对着帆摇了摇头。

"太好了,先生,"他说,"幸亏风还不大。"

船长又点了点头。

"是的,"他说,"我们必须这样做,但天知道我们什么时候能到家!"

"回家晚总比回不了家要好。"我听见二副小声嘀咕了一声。

然后,他大声说:"还有灯呢,先生?"

"是的,"船长说,"每个晚上天黑后,我都要派人在索具上挂上灯。"

"很好,先生。"二副应和了一声,然后转向我们。

"天快要亮了,杰塞普,"他看了眼天空说,"你最好带着塔米一起去把那些灯取下来放回到灯箱中。"

"是,是,先生。"我说,然后就和塔米一起离开艉楼了。

海中暗影

钟响后,大约四点钟时,另一班到甲板上来换班。早就是大白天了。在我们下舱休息之前,二副让我们把三面上桅帆都整理好了,既然天已经亮了,我们也相当好奇,都想看看帆上有无异常,尤其是前桅帆上。汤姆刚才爬上去拉滑轮了,下来后被围住问个不停,大家都想知道帆上有无奇怪之处。但他告诉我们上面一切正常。

八点钟了,我们来到甲板值八至十二点这一班,这时我看见修帆工从二副的旧住舱沿着甲板迎面走了过来。他手里拿着一把尺子,我知道他是去给那几个可怜的家伙测量尺寸了,好给他们缝制裹尸袋。他从早饭时分一直忙到将近中午,他用一些旧帆布缝制了三个帆布裹尸袋，然后在二副和一个水手的协助下，把三具尸体抬到后舱盖上，在那里，他们将那几具尸体装入裹尸袋中缝好，放了几块圣石在他们的脚旁。他刚准备好，钟就响了，我听见船长叫二副让所有人都到船尾去参加葬礼。大家都来了，一块舱门被卸了下来。

我们找不到足够大、还不错格子板，就只好取下一扇舱门来将就着对付一下。整个上午，风渐渐平息下来，海面静得几乎像块镜子。偶尔有个细浪打来，船只随之轻微颠簸。耳边能听到的只有船帆轻柔而又缓慢的沙沙声以及一阵阵抖动声，还有就是船只轻微颠簸时，桅桁齿轮等反复发出的吱吱声。船长也正是在这样庄严、半喧嚣半安静的氛围中宣读了海葬仪式。

他们先把那位荷兰人史云逊放在舱门上（我从身材的粗短判断出是他），然后，船长示意二副把舱门的一端翘起，史云逊的尸体便从门板上滑了下去，落入漆黑一片的大海中。

"可怜的荷兰佬。"我听见一个人说。我想大家都是这样想的。

然后，他们将雅各布斯抬上舱门，海葬了他，下一个就轮到乔克了。当乔克被抬起的时候，在场的每个人都突然打了个寒战。乔克一向安静，大家都很喜欢他，我觉察到自己突然感觉有点古怪。我当时站在栏杆旁，半靠在船尾的系船柱上，塔米紧挨着我，普卢默站在我身后，离我有点距离。二副最后一次翘起舱门时，大家哑着嗓子齐声向乔克道别。

"再见了，乔克！再见，乔克！"

就在那时，他们突然拥向船边，想在乔克的遗体沉入海底时最后看上一眼，甚至连二副都没能控制住这种情绪，他也凑过去仔细打量着。从我站着的地方望过去，我看着尸体滑入水下，没几秒钟的工夫，我就看见帆布的白色消逝在海水的蓝色中，在极深的海底越来越小，越来越小，然后突然不见了——在我看来，这也太快了点。

"没了！"我听见几个声音响起，然后我们这一班人开始慢慢向船头走去，另外一两个人开始把舱门重新装上。

塔米一边用手指了指，一边用胳膊肘碰了碰我。

"看，杰塞普，"他说，"那是什么？"

"什么？"我问。

"那里有个奇怪的阴影，"他答道，"看！"

我这才明白他的意思。那个巨大的阴影，正在渐渐变得清晰起来。其盘踞之地——在我看来——正是乔克遗体消失之处。

"快看！"塔米又说，"它在变大！"

塔米相当激动，我也一样。

我仔细打量着。那东西好像正在从海底深处向上冒出水面，它逐渐成形，等我反应过来这是什么东西时，我突然感到一种无可名状的恐惧，不禁打了个寒战。

"看,"塔米说,"它就像影子船!"

的确如此。它从我们船的龙骨下那深不可测的浩瀚海洋中冉冉升起。普卢默正要拔腿向船头走去,刚好听见了塔米最后几句话,回头看了他一眼。

"什么意思?"他问。

"那儿!"塔米边答边用手指了指。

我用胳膊肘狠狠捅了他一下,但为时已晚。普卢默已经顺着塔米手指的方向看过去了,真够怪的,他好像根本没多想。

"那没什么,只不过是船的倒影而已。"他说。

塔米在我的暗示下没再说下去。等普卢默和其他人都到船头去了,我叫他不要像刚才那样把船上的事情都抖出去了。

"我们得千万小心!"我说,"你要记住船长在我们值上一班时说的话!"

"是的,"塔米说,"我一时嘴快了。下次我会当心的。"

离我们不远的二副还在一个劲地盯着水里看。我转过头去问他:"您认为那是什么东西呢,先生?"

"天晓得!"他说着,朝周围迅速扫了一眼,看看有没有其他人在附近。

接着他从栏杆边离开,转身爬上了艉楼,爬到梯顶,靠着艉楼前端和我说:"你们俩把舷门关上。注意,杰塞普,对谁都不要说。"

"是,是,先生。"我答道。

"你也是,小伙子!"他对着塔米补了一句,然后朝艉楼后面走去。

我和塔米正忙着关上舷门时,二副回来了,还请来了船长。

"就在舷门下面,先生。"我听见二副一边说一边指向水里。

船长朝水里看了好一阵子,然后我才听见他开口说话了。

"我什么也看不见。"他说。

听见这话,二副把身体再向前探了探,想看个仔细,我也仔细看了看,但那东西,无论它是什么,已消失得无影无踪了。

"它不见了,先生,"二副说,"我去找您时,它还在那儿。"

大约一分钟后,我们把舷门关好了,我正要起身到船头去,听见二副的声音从身后传来。

"把你刚才看到的都告诉船长。"他压低嗓子说。

"我也说不准,先生,"我答道,"在我看来,那东西像一艘影子船,从水里一点点冒出来。"

"正是这样,先生,"二副对船长说,"和我说的一模一样。"

船长目不转睛地盯着我。

"你有十足把握吗?"他问。

"是的,先生,"我答道,"塔米也看到了。"

我等了一会儿。然后他们转身走向船尾，二副嘴里一直没停。

"我可以走了吗，先生？"我问。

"好的，就这样吧，杰塞普。"他头都没回地说。但船长又回过头来找我了："记住，不要对任何人透露一个字！"

"不会的，先生。"我答道，说完了他又回到二副身边了，而我则去首楼找吃的了。

"你的那份在壶里，杰塞普，"我刚越过挡水板，汤姆就对我说，"我把你的酸橙汁放在那个小锅里保温了。"

"多谢。"我说着坐了下来。

我狼吞虎咽，根本没留意其他人在聊些什么。我陷入自己的思绪中，那艘从大海深处冒出来的影子船，你们知道，给我留下的印象太深了。这并不是幻觉，我们三个人都看到了——事实上是四个人，因为普卢默也亲眼看到了，尽管他并不认为那有什么奇异之处。

我的思绪时不时回到这艘影子船上，我想这一点你们是能够理解的。但我敢肯定，有一段时间里，我的想法一直在一个盲区中转来转去，找不到任何头绪，随后，我又有了另一种想法，我想起黎明时分自己在帆上看到的人影，我开始构想新的思路。你们知道，我第一次看到那东西，它是翻过栏杆来到船上的，这说明它来自大海。然后，它又回到大海中去了。现在又出现这艘影子船——我将称其为幽灵船，这真是个该死的好名字,黑夜,无声无息的人影……我循着这些线索想了很多。想着想着,我竟然不知不觉把疑问大声说了出来:"它们是船员吗?"

"什么?"贾斯凯特问,他坐在我身旁的内务箱上。

我控制住自己的情绪,假装很随意地扫了他一眼。

"我说话了吗?"我问。

"是的,伙计,"他边答边用惊讶的眼神看着我,"你刚才提到了船员之类的。"

"我一定是在梦游。"我说完站起来把盘子放了回去。

幽灵船

一到四点钟,我们又回到甲板了,二副让我继续编船用绳席,同时他派塔米取来了扁索。我把绳席系在主桅的前面,自己坐在主桅与甲板室后端的中间忙活开了。过了几分钟,塔米把扁索和一些纱线拿到主桅这来,将其固定在一根大头针上。

"你看那是什么呢,杰塞普?"沉默了一会,他突然问我。

我抬起头看着他。

"你看呢?"我反问道。

"我不知道从何说起,"他说,"但我有种感觉,它一定和之前那些事有关联。"他边说边用头冲船帆方向指了指。

"我也这么想。"我说。

"你是说有关联?"他问。

"是的。"我答道,然后向他坦诚自己是怎样在吃晚饭时想到这一点的,我还告诉他,那些爬到船上来的陌生人影也许来自我们曾见过的那艘潜伏在大海深处的影子船。

"天哪!"他听明白了我的意思后不禁惊叫起来。

然后,他起身想了一会儿。

"你是说它们就住在那儿?"说到最后他又停了下来。

"呃,"我答道,"它不属于我们称之为生命的存在形态。"

他点了点头,面露怀疑之色。

"是的。"他说完又开始沉默。

没过多久,他又有了一个想法。

"你认为,那……那艘……船已经尾随我们有段时间了,如果我们早知道的话?"

"一直跟着我们,"我答道,"我是说自从发生这些事后,它就一直跟着我们。"

"如果还有其他的船只。"他突然说。

我看着他。

"如果真有,"我说,"那你就只能寄希望于上帝了,保佑它们的船不会撞上我们这艘船。我看，不管它们是不是幽灵，它们都是些嗜血海盗。"

"这听起来太可怕了，"他表情严肃地说，"这么严肃地谈论这些……你知道，这些东西。"

"我也试图不那样去想，"我说，"但如果我真的放弃，我想我早就疯了，海上的确会发生很多该死的怪事，但我们碰到的并不属于其中。"

"有时，这事看起来怪异而又虚幻，不是这样吗？"他说，"可另一些时候，你又会觉得这些都是真的，你也弄不明白为何你总是对此知之甚少。即使你把这些事都讲给岸上的人听，他们也永远不会相信。"

"如果今天上午值中班的时候他们也在这条船上，他们就会相信的。"我说。

"更何况，"我接着说，"他们并不了解。我们也一样……就像我读到一些自己从未听说过的邮船故事，我现在的感觉应该不是这样的。"

塔米两只眼睛瞪着我。

"我曾经听一些老水手讲过此类故事，"他说，"但我从来也没有把它们当真。"

"呃，"我说，"我想我们得严肃对待此事。老天啊，真希望现在是在家里！"

"我的上帝啊！我也是这么想的。"他说。

然后我们俩都沉默不语,各自忙碌着,不久,他就开始做另一条系帆索了。

"你看我们真要每天天黑前把帆降下来吗?"他问。

"当然,"我答道,"发生那样的事后,他们再也叫不动这些人夜里上去收帆了。"

"但,但是……他们要是命令我们上去呢……"他刚想说。

我立马打断他:"你会上去吗?"

"不!"他斩钉截铁地说,"我宁愿坐班房也不!"

"那就对了,"我说,"你不愿上去,别人当然也不愿意了。"

这时,二副走了过来。

"先把席子和扁索放下,你们俩,"他说,"拿扫帚把这里打扫干净。"

"是,是,先生。"我们齐声说。他继续向船头走去。

"跳到甲板室上面去,塔米,"我说,"把绳子的另一端松开,好吗?"

"好的。"他说完就按照我的要求做了。塔米从甲板室回来后,我让他帮我把绳席卷了起来,这时我已经把席子编得非常大了。

"卷好了我来固定,"我说,"你去把你的扁索整理好。"

"等一下。"他说,顺手从我编绳席下方的甲板上收集了一把碎帆布,然后跑到船边。

"就放这里!"我说,"别乱扔。它们只能漂在水面上,二副或船长肯定会看到的。"

"到这里来,杰塞普!"他低声打断我的话,根本不理会我在说什么。

我起身从舱门走向船边,塔米这时正死死地盯着船边的海面。

"怎么啦?"我问。

"天哪!赶快!"他催促道。我快步跑了过去,跳过桅桁,站到他的身旁。

"你看!"他说着,立刻朝我们脚下的水面撒下一小把碎帆布。

那些碎帆布条一落到水面上,水面瞬间变得模糊起来,以至于我什么也没看到,等涟漪都散去,我立刻明白他的意思了。

"有两艘!"他在我耳边轻轻低语,"那里还有一艘。"为了确定具体的位置,他又扔出一小把碎帆布条。

"再远一点还有一艘呢。"我嘟囔了一句。

"在哪儿?在哪儿?"他问。

"在那儿。"我说着用手指了指。

"那就有四艘了,"他低声说道,"一共四艘!"

我什么也没说,只是一个劲地看着。看起来,它们有一条直通海底的便捷之道,并且能完全静止不动。虽然它们的轮廓有点模糊不清,毫无疑问,它们看上去的确像船,只是有些阴暗而已。我们静静地观察了好几分钟,最后塔米先说话了。

"它们真的是……"他低声说道。

"我不知道。"我答道。

"我是说我们今天上午没有弄错。"他说。

"我们没有弄错,"我答道,"我从来没那么想过。"

我听见二副从船头回来了,他越走越近,然后发现了我们。

"又出什么事了,你们俩?"他厉声喊道,"怎么还没有把这里打扫干净!"

我伸手提醒他小声点,免得引起其他人的注意。

他走了几步来到我面前。

"是什么?是什么?"他说,看上去虽有点恼羞成怒,但总算把声音压低了些。

"您最好自己到这里来看看,先生。"我答道。

我说话的语气必定给了他一些暗示,提醒他我们又发现新的线索,因为他一听我说完就冲到我旁边来。

"看,先生,"塔米说,"有四艘。"

二副低头看了看,发现目标后立即俯下身去。

"我的天哪!"我听见他低声嘀咕。

随后,他盯着看了好一会儿,一言不发。

"那还有两艘,先生。"我说着用手指了指。

没过多长时间,他就弄清了它们的位置,但他只匆匆瞥了一眼,就走下了桅桁,开始训起我们来。

"下来吧,"他说得很快,"拿扫帚把甲板打扫干净。不许对别人说一个字!它也许什么都不是。"

这最后一句听起来像是临时加上去的,我们双方都知道这样叮嘱毫无意义。他一说完就转身快步离开了。

"我猜他是去把这事报告给船长。"塔米说,当时我们正拿着绳席和扁索走向船头。

"嗯。"我随口应了一声,根本没什么心思听他说话,满脑子都在想静静守候在海底的那四艘影子船。

我们取了扫帚又向船尾走去。半道迎面碰上二副和船长从我们身旁经过。他们越过了前转帆索,朝前走去,在桅桁上停了下来。我看见二副用手指着转帆索,看上去像是在和船长讨论和索具相关的问题,我猜他有意这样做,为的是掩人耳目。船长随意看了一眼船边,二副也是一样。一两分钟过后,他们一起回到了船尾,接着爬上了艉楼。船长回来时从我身旁经过,我偷偷瞄了他一眼,发现他愁眉不展——也许用"不知所措"来形容更为贴切。

塔米和我非常渴望再去船边瞧上一眼,但等我们终于找到机会时,海面上除了大片大片的天空倒影,什么也没有。

我们刚打扫完，钟就响了，为了方便大家喝茶休息，我们又把酒吧间清理了一下，有些船员一边喝茶一边就聊开了。

"我听说，"奎恩说，"我们以后在天黑前要把船帆降下来。"

"呃？"老贾斯凯特一边喝茶一边问。

奎恩重复了一次。

"谁这么说的？"普卢默问。

"我从主厨师傅那儿听说的，"奎恩答道，"主厨师傅是从乘务员那里听说的。"

"他怎么知道的呢？"普卢默问。

"我不知道，"奎恩说，"我猜他是在船尾听到他们在谈论这事。"

普卢默转向我。

"你听到什么了吗，杰塞普？"他问。

"什么，降帆吗？"我回答说。

"是的，"他说，"今天上午，船长在艉楼上没和你说起这事？"

"说了，"我答道，"但他没和我说，他是对着二副说的。"

"他们说了吧！"奎恩说，"我刚才不就是这样说的吗？"

这时，另一班的一个水手从右舷门探了个头进来。

"所有人都去降帆！"他大声喊道，同时，甲板上响起二副的哨子声。

普卢默站起来，伸手戴上帽子。

"好吧,"他说,"显然,我们一个都不能少!"

然后我们一起来到甲板上。

海面上无风无浪,但我们还得同时把三面上桅帆都降下来,然后把那些巨帆索也收了起来。做完这些后,我们又拉起主帆和前桅帆,一一装好。后桅下桁帆当然早就收起来了,因为船尾彻底没风。

当我们还在前桅帆上忙活时,太阳正好消失在地平线上。这时,我们已经在帆桁上整理好了船帆,我正等着其他人都下去后,好让出路来让我从踏脚索上下来。因此我正好将近有一分钟百无聊赖的时间,我站在那儿欣赏夕阳,这倒让我看见了以往可能忽略的景象。将近一半的太阳消失在地平线的深处了,剩下的半个看上去就像一个巨大的火红色拱顶,暗淡无光。突然,右斜前方远处的海面上升起一层薄雾,逐渐在太阳的表面扩散,太阳好像要穿过一层暗淡的烟雾才能照在海面上。很快,这层薄雾或烟雾开始变浓,几乎在同一时刻分裂为奇怪的形状,使得太阳光的红色将两两之间的空隙染得赤红一片。就在我欣赏景色时,神秘的雾气聚拢后形成三座高塔,这些高塔变得越来越清晰,底下有东西被拉得又细又长,同时雾气还在继续聚拢成形。突然,我看到那东西变成了一艘巨大的船。随后不久,我发现这艘船竟然在移动。船的一侧朝着太阳,现在船开始摇摆起来,船身优雅从容地移动着,直到船的三根主桅正好形成一条直线。它径直朝我们驶来,船身越变越大，但也越来越模糊。从船尾看去，太阳只剩最后一丝光亮。在越来越浓的暮色中，我好像发现这艘船正一点点沉入海底。太阳也从海面上消失了，我看到的一切似乎也随之融入灰蒙蒙的夜色中。

有声音从索具上传过来了，说话的人是二副，他也爬上来帮助我们了。

"好了，杰塞普，"他说，"下来吧！下来吧！"

我迅速转过身，这才意识到差不多所有人都已经从帆桁上下去了。

"是，是，先生。"我一边嘟哝着一边沿着踏脚索滑下帆桁，直接下到甲板上。我感到一种陌生的茫然和恐惧之情。

过了一会儿，八点钟响了。等点完名，我把身边的物品整理好后，就到艉楼去掌舵了。我站在轮舵旁，有段时间大脑一片空白，好像什么也记不住。过了一会儿，我才恢复正常，这时，我意识到海面上一片沉寂，周围一丝风都没有，甚至连索具运转时发出来的吱吱声似乎也听不见了。

在掌舵室，除了掌舵外，我似乎无事可做。要是平常，我准会溜到船头到首楼里去抽一会儿烟。我看向主甲板，发现了灯笼的投影，这些灯笼被挂在船头主索具上。然而那影子比往常要淡一些，因为灯笼的后面被有意罩住了，这样就不会刺伤守夜人的眼睛。

夜幕降临时，周围黑得反常，但我只有在思考的间隙才会去注意周围的黑暗、海面的沉寂以及甲板上的灯笼。因为这时我的思绪还主要停留在那奇怪、巨大的薄雾幽灵船之上，我看着它从海上升起，我又看着它逐渐成形。

我一直盯着夜空，看看西边，又瞧瞧四周，因为脑子里总是不由得想起夜幕降临时那船迎面向我们驶来的情景，一想到这些我就深感不安，我有一种恐怖的预感，灾难随时可能降临。

然而，一直到两点钟过后，周围仍然一片寂静——对于我来说，静得有点反常。当然，除了西边那奇怪的雾船外，我还一直惦记着躺在我们左舷下海底深处的四艘影子船。我每次一想起它们，心里总有这样一种感觉——谢天谢地，幸好主甲板周围挂满了灯笼，我很疑惑，为什么后桅索具不挂上灯笼呢？我真希望他们已经这样做了啊，我暗下决心，等二副再到船尾来，我一定要向他报告这件事。这时，二副正靠在艉楼边的栏杆上，我看得出他并没抽烟，要是他抽了烟，我准能不时瞧见烟管上的火星。他明显紧张了，他已到主甲板上去查看了三次，我猜他是去看看海里还有没有那四艘该死的船的踪迹。我想知道晚上能否看见它们。

突然，报时员敲响了三下钟，钟声震耳欲聋，把我吓了一跳。在我听来，钟就好似在我耳边敲响一样。那天夜里，空气中有些许莫名其妙的怪异。然后，正当二副回复瞭望员"一切正常"时，主桅左舷传来了尖锐的嗡嗡作响声以及传动器发出的嘎嘎声。与此同时，主桅上的索箍发出刺耳的声音，我知道有人或有东西把主中桅帆上的升降索解开了。紧接着，从上面传来东西断裂的咔嚓声，然后帆桁就重重地砸在了甲板上。

二副一边口里大声说着一些莫名其妙的话，一边跳起来向梯子奔去。主甲板上传来了跑动的声音，还有我们这一班其他人的喊叫声。然后，我听见了船长的声音，他一定是从酒吧里冲出来，跑到甲板上的。

"再拿一些灯笼！再拿一些灯笼！"他大声喊着，然后，他开始咒骂。

他又大声说了几句话，我只听到了最后几个字。

听起来像是"……卷走了"。

"不，先生，"二副喊道，"我看没有。"

接下来是一阵忙乱，然后传来咔嗒咔嗒的齿轮转动的声音，我听出他们这是在把升降索搬运到船尾绞盘上，他们的对话我听得并不真切，偶尔有几个词飘过来。

"……就这些水？"我听见了船长的声音，他好像正在问二副。

"说不准，先生。"二副的声音也传过来了。

接下来的一段时间里，只听见绞盘咔嗒咔嗒的转动声，还有就是索箍和传动器发出的嘎嘎声。然后，二副的声音又响了起来。

"好像一切正常，先生。"我听见他说。

我没法再听船长的答复，因为就在这时，我突然感到背后有一股凉气袭来。我猛一转身，发现有东西朝船尾栏杆这边看过来。在罗经柜灯光的映照下，那东西的眼睛显得十分怪异，并发出一种可怕凶猛的光芒，至于那光芒背后的东西，我无从辨别。一时间，我只知道用两只眼睛死死地瞪着它，就好像被冻住了一样，主要是因为离得太近了。我猛地行动起来，跳到罗经柜上，抓起柜子上的灯，扭身朝那东西照过去。那东西，无论它是什么，这时已经越过栏杆往我这个方向来了，但现在灯光一照，它竟然以一种奇异可怕的姿势缩成一团。它原路返回，滑入海底，最后消失不见了。我对那东西只有一个模糊的印象，它充其量只是个发着光、浑身湿漉漉、两眼冒着邪光的东西而已。然后，我发疯似的跑向艉楼，跳下梯子，脚下一滑，一屁股坐在了下来。这时我左手还拿着罗经柜灯，灯居然还亮着。甲板上的人正在摆放绞盘横梁，我突然出现，再加上摔下来时喊的那一嗓子，他们中的一两个人吓得向后跑了一两步，才反应过来原来是我。

在前面稍远的位置，船长和二副也往船尾方向跑了过来。

"该死的又发生了什么事？"二副一喊完便弯下腰来瞪着我，"你不去掌舵在这里干什么？"

我站起身来，努力想回答他的问题，但实在是受惊过度，我说得上句不接下句。

"我……我……那里……"我结结巴巴地说。

"混账!"二副气得大叫,"给我滚回掌舵室去!"

我顿了一下,企图向二副解释一番。

"你他妈的没听见我说的话吗?"他大声叫道。

"是的,先生,但……"我刚开口。

"到艉楼上去,杰塞普!"他又打断了我。

我走向艉楼,我打算等他也过来时,再向他好好解释一下。我爬到梯子顶端,停了下来,我不想再独自一个人回掌舵室了。我听见下面甲板上传来了船长的声音。

"到底发生什么事了,图里普森先生?"他问。

二副没有立马回答,而是把脸转向了那些公开聚集在周围的船员。

"一切正常,伙计们!"他说,声音中透着几分严厉。

我听见我们这一班人开始向船头散去,他们一边走一边还在嘀嘀咕咕。等这些船员都离开了,二副才开始回答船长的问题,他没想到我就在他们附近,能够偷听到他们的对话。

"是杰塞普,先生。他一定是看到什么了,但我没让他说出来,免得惊到大家。"

"对,不能。"船长的声音响起了。

他们转身顺着梯子向上爬,我向后跑了几步,一直跑到天窗那边。

他们上来时,我听到船长在说话。

"怎么会没有灯呢,图里普森先生?"他惊讶地问道。

"我认为这里不需要灯,先生。"二副答道。然后他又补了一句,说是这样可以节省点灯油。

"我看最好摆上。"我听见船长说。

"是,先生。"二副答道,然后大声叫报时员拿几盏灯过来。

两个人接着向船尾走来,看见我站在天窗旁。

"你不去掌舵在这里干什么?"船长问道,声音中透露严厉和不满。

我现在终于有些回过神来了。

"我不去,先生,除非有灯。"我说。

船长气得直跺脚,二副走上前来。

"来吧!来吧,杰塞普!"他大声喊道,"这样不行,你知道的!你最好赶快回去掌舵,不要再给我们添麻烦了"

"等一下,"船长在这个关键时刻突然插话了,"你为什么不愿意回到掌舵室?"

"我看到一些东西,"我说,"它从船尾栏杆处爬向我,先生……"

"啊!"他手一挥打断了我的话,然后出其不意地说道,"坐下!坐下!你浑身都在发抖,伙计。"

我猛地坐在了天窗旁的座位上。正如他说的那样,我浑身颤抖,我手中的罗经柜灯也随之抖个不停,以至于罗经柜灯的灯光在甲板上四处闪烁。

"好,"他继续说道,"你只需告诉我们你看到了什么就行了。"

我把事情的经过详详细细说了一遍,与此同时,报时员把灯拿过来,在每根索具的桅梯横杆上都拴了一盏。

"后纵帆桁下也挂上一盏,"船长大声说道,这时报时员刚把另两盏灯挂好,"快点。"

"是,是,先生。"报时员说完就跑去取灯了。

"现在,"船长说,"一切都安排妥当了,即便回到掌舵室,你也不必害怕了。船尾有一盏灯,我或二副会一直坚守在这。"

我站起身来。

"谢谢您,先生。"我说完就走向了船尾。我把灯重新放回到罗经柜上,继续控制着舵轮。但我仍然不时向后张望,谢天谢地,几分钟后,钟就敲响了,我大大松了一口气。

虽然其他的船员都待在船头首楼里,但我并没有去那儿,我不想被他们围攻,追问我为什么会突然出现在艉楼梯子下面。我点上烟,在主甲板上到处溜达。现在,每根索具上都挂了两盏灯笼,舷墙下每根备用中桅杆上也都拴上了两盏灯,我不觉得特别紧张了。

但在五点钟响后不久,我好像又看到一张影子脸站在栏杆边四处张望,就在前系索后不远处。我从桅桁上抓起一盏灯笼,直接向它照了过去,却发现那里什么也没有。我想,那双湿漉漉、充满好奇心的眼睛在我的视线中已经消失不见了,只停留在我的脑海中,这是一种非常奇怪的认知。后来,每当我想起那双眼睛,我就觉得特别恶心,这时我才意识到那目光有多么残忍……无法形容,你们知道。后来,在同一班次的另一时间点,我又看到了它们,只是这次我还没来得及拿起灯来,那东西就消失了。然后,八点钟响了,我们下班了。

巨型幽灵船

三点三刻时，我们又被叫了起来，叫我们起来的船员给我们透露了些奇怪的信息。

"托宾完蛋了——消失得无影无踪！"他告诉我们的时候，我们正要走出舱门，"我以前从没碰上他妈的这么令人毛骨悚然的船。连他妈的在甲板上随便逛一下都不安全。"

"谁没了？"普卢默边问边腾地一下从床上坐了起来，把两条腿搁在床铺上。

"托宾，一个学徒，"那人答道，"我们到处都找过了，现在还在找……但我们永远也找不到他了。"他用一种有些悲观，又非常坚定的语气补充道。

"哦，不一定吧，"奎恩说，"也许他躲起来了。"

"他不会的，"那人答道，"我告诉你，我们把这条船上上下下都翻了个遍。他不在这条该死的船上。"

"你们最后看到他是什么时候？"我问。

"一定有人知道点情况，你知道的！"

"在艉楼上报时的时候，"他答道，"船长快把大副和值班舵手逼疯了，他们还是一口咬定自己什么都不知道。"

"你什么意思，"我叫道，"你是说他们什么都不知道？"

"呃，"他答道，"那个小伙子头一分钟还好端端地站在那儿，下一分钟他们就发现他不见了。他们俩对天发誓当时一点动静也没听到。他就这样从这个该死的地球上消失了。"

我坐在内务箱上，伸手去拿我的靴子。

我正要开口说话，那人又说了起来。

"注意了，伙计们，"他接着说，"这么下去，我很想知道不久后你和我会在哪里！"

"我们会下地狱。"普卢默说。

"我倒想弄个明白。"奎恩说。

"我们必须好好想想了！"那人答道，"我们得他妈的好好想一想。

我已经和我们那一班的船员说过了，他们愿意冒险一试。"

"试什么？"我问。

"去找他妈的船长直接挑明这事，"他边说边用手指着我，"找个他妈的最近的港口让船靠岸。你他妈的还没听明白吗？"

我开口告诉他，即便他能说服船长从他的角度看待这件事情，我们也不可能成功。然后我想起这家伙对我曾见过的东西一无所知，立刻想明白该怎么说了。我反问他："他要是不肯呢？"

"那我们就得好好跟他聊聊了。"他答道。

"就算你们都去了，"我说，"然后呢？你们肯定会因为反抗了他而被关起来的。"

"就算被关起来我也要去，"他说，"他还能杀了我不成！"

其他人都低声表示赞同，然后沉默了一会儿，我知道大家心里都在想着这事。

贾斯凯特打破了这短暂的沉默。

"我怎么也没想到这船上有鬼……"他刚开口，普卢默就打断了他的话。

"我们不能再让任何一个人受到伤害，你知道，"他说，"我是说不能再有人员伤亡了，那些遇害的都不是穷凶极恶之辈。"

"是的。"在场的每个人都表示赞同，包括那个过来召集我们的家伙。

"不管怎样，"他补充道，"我们得去找船长，找个他妈的离我们最近的港口让船靠岸。"

"对。"人群齐声应和。然后，八点钟响了，我们一起走到了甲板上。

不久，点名开始了——点到托宾的名字时，出现了一个奇怪、尴尬的小停顿，大家都感到很不舒服。点完名后，塔米朝我这里走了过来。其他的船员都到船头去了，我猜他们正在商量逼迫船长停船靠岸的疯狂计划——多可怜的一群家伙！

塔米走过来时，我正靠在左舷系帆索柱旁边的栏杆上，凝视着海面。有大概一分钟的时间，他什么话也没说，最后才说那些影子船自打天亮后就从那里消失不见了。

"什么？"我有点惊讶地问，"你怎么知道的？"

"他们找托宾时我醒了，"他答道，"自打那以后我再也没睡着，立马到这里来了。"他刚想说点别的，突然停了下来。

"是的。"我想鼓励他继续说下去。

"我不知道……"他说着又停了下来，他抓住我的手臂，"哦，杰塞普！"他大声喊道，"这样下去怎么得了？总该做点什么吧？"

我什么也没说。我也很绝望，我们几乎想不出任何办法来帮助自己脱离困境。

"我们难道什么也做不了吗？"他摇着我的胳膊问，"总比这样干等下去强！我们这是坐以待毙啊！"

不过，我什么也没说，只是闷闷不乐地瞪着海面。我好谋无决，只会成天胡思乱想。

"你听到了吗？"他说完急得都快要哭出来了。

"听到了，塔米，"我答道，"但是我不知道！我不知道！"

"你不知道！"他叫道，"你不知道！你的意思是说我们只能屈服，等着它们一个接一个地把我们杀死？"

"能做的我们都做了，"我答道，"我不知道我们还能做些什么，除非一到晚上我们就把自己锁到舱中。"

"那也比洗颈就戮好，"他说，"那样的话，不管是人还是其他什么的，都无法很快闯进去。"

"要是突然刮起大风呢？"我问，"这船会被吹散架的。"

"要是现在就刮大风呢？"他回了一句，"天一黑，没人愿意爬上船帆，这话你自己也说过！当然，我们可以现在就把帆降下来。但我得告诉你，过不了几天，这船上就不会有人活着了，除非他们能好好地做点什么！"

"别喊，"我警告他，"你会让船长听到的。"但这个年轻人已经心烦意乱了，根本不愿意理会我的意见。

"我就要喊，"他答道，"我要让船长听到。我特别想上去告诉他。"

他接着又换了个话题。

"那些人干吗不做点什么呢?"他说,"他妈的,他们应该让船长把我们送到港口码头!他们应该……"

"看在老天的分上,闭嘴吧,你这小傻瓜!"我说,"说这么多该死的废话有什么用呢?你这样大喊大叫会给自己惹上麻烦的。"

"我无所谓,"他答道,"我可不愿就这样束手就擒!"

"听我说,"我说,"我之前不是告诉过你,即便我们成功了,我们也发现不了陆地的。"

"你没有任何证据,"他答道,"这只是你自己的想法而已。"

"呃,"我答道,"不管有没有证据,照现在的情况来看,船长要是硬着头皮让船靠岸,他只会把这条船撞翻。"

"让他把船撞翻,"他答道,"让他把船撞个底朝天!那也比干坐在这里,等着被拖下水或从船帆上被抛下来要强得多!"

"听我说,塔米……"我刚要往下说时就听见二副在大声呼叫他,塔米只好离开了。我开始在主桅前面走来走去,等塔米回来后,他马上加入我的行列,来回溜达起来,过了分把钟,他又开始说起胡话来。

"听我说,塔米,"我再次开导他,"你这样信口开河是没有任何效果的。事情该怎么样还是怎么样,这不是个人的错误造成的,谁都爱莫能助。如果你能理智一点,我愿意听,要是还这样胡说八道,那你就去找别人吧。"

说完这些话后,我就回到左舷边,登上桅桁想坐在系索座上和他继续聊聊。在坐下之前,我看了眼海面。这一眼几乎是下意识的,不过,过了好一会儿,我都无法平复我那极度激动的心情。我并没有把目光从海面收回,反而伸手抓住塔米的手臂引起他的注意。

"我的天啊!"我低声叫道,"看!"

"看什么?"他边问边从我旁边把身子探出栏杆。我们看到的是这样一幅景象:在离海面有一点距离的水层中,躺着一只浅色、有点像半球状的东西,它看上去离海面只有几英尺远。仔细看了一会儿,我们能十分清楚地看到,那东西下面有顶桅帆桁的影子,再往深处一点,能看到一根巨大的主桅上的索具。再往下面深一点看过去,在那些影子中,我能很快辨认出那巨大、向四周无限延伸的大甲板。

"我的天啊!"塔米嘀咕了一句后又闭上了嘴巴。但很快,他又发出一声短短的惊呼,好像是突然想到了什么。他从桅桁上下来,向船头首楼跑去,朝海面看了一眼又跑了回来,告诉我离船头不远几英尺以下的海水里也有一根巨大主桅的桅冠在不停地往上冒。

这一段时间里,你们知道,我像发疯了似的透过水面盯着那根巨大的影子主桅左瞧右看。我顺着主桅一点一点看下去,最后能够清楚地看到顶桅帆主桅上的各条支索,你们知道,顶桅帆本身已经一切就绪。

但是，你们知道，最令我感到不安的是，我感觉水下索具中间隐约有东西在移动。我想我真的看到了有东西不时在齿轮间来回移动，匆匆一闪而过。有一次，我实际上可以肯定，有东西正从顶桅帆桁爬到桅杆上去，你们知道，就好像它已经爬上了帆的垂缘似的。一想到这里，我就有一种不好的预感，有东西正在那儿集聚。

我一定是看得太出神了，不知不觉间，我的身子竟然一点一点探出栏杆了。突然——我的天啊！我怎么叫了起来——因为我的身体失去了平衡，向栏杆外栽了过去。我手一伸，抓住前面的柱子，朝后一用力，身体重心又回到了桅桁上。几乎在同一时刻，我好像觉得没在水中的桅冠冲出了水面，我现在可以确定有个东西擦着船边冲向天空——在空中看上去有点像影子，尽管我当时并没有意识到。不管怎样，紧接着，塔米发出一声恐怖的尖叫声，头朝下往栏杆外栽了下去。我当时以为他是要跳海，就顺手揪住他的裤腰带，再抓住他的膝盖，顺势把他按倒在甲板上，骑坐在他身上。他一边死命挣扎一边大喊大叫，一直闹个没完，我被他折腾得上气不接下气、浑身发抖、手脚发软，我想我快要抓不住他了。你们看，我那时万万没有想到，他这样是因为有东西在左右着他，他才会竭力想挣脱我的控制，跳入海中。但我现在知道了，我那时看到的那个幽灵人附着在他的身上，只是在那个时候，我已经被弄糊涂了，脑子里只剩下一个念头，那就是不能让塔米跳下去，至于其他什么的,我确实顾不上了。后来,我才对我当时看到但又没有多加注意的东西有所感悟。(这你们能理解的,是吗?)

即便现在回想起来,我都得承认当时那个影子在白色甲板的映衬下,就像大白天空气中那隐约可见的灰色,依附塔米的身上。

我还坐在可怜的塔米身上,我气喘吁吁、满头大汗、浑身颤抖。他还在尖叫,像疯了一样和我扭打起来,我想我快要按不住他了。

就在这时,我听到二副的大喊声,随后甲板上响起了跑动声。然后,许多只手伸了过来,有的拽我,有的拖我,试图把我从塔米身上拉走。

"该死的懦夫!"有人大声叫道。

"抓住他!抓住他!"我叫道,"他要跳海!"

一听这话,他们好像缓过神来了,这才明白我并没有殴打那个年轻人,就立刻放开我,允许我站起来,另两个人则抓住塔米,以确保他的安全。

"他怎么啦?"二副大声问道,"发生了什么事?"

"他失去理智了,我想。"我说。

"什么?"二副问。但我还没来得及回答他,塔米就突然停止了挣扎,身子一软,倒在了甲板上。

"他昏过去了,"普卢默同情地说,他用那种迷惑不解、忧虑重重的眼神看着我,"发生什么事了?刚才怎么了?"

"把他抬到船尾住舱去！"二副命令道。他说得有点突兀，我猜他这是想避免有人问起内情，他准是猜到我们看见什么了，他认为这件事情最好不要让大家全都知道。

普卢默弯腰抱起塔米。

"不，"二副说，"你让开，普卢默。杰塞普，你来抱他。"他转身对其他人说，"行了，大家散了吧。"他们嘀嘀咕咕地去船头了。

我抱起塔米往船尾走去。

"不需要把他送到住舱，"二副说，"把他放在后舱门盖上，我已经派人去取白兰地了。"

白兰地送来后，我们喂了点给塔米，不久后他就醒了过来。他坐了起来，仍然有点茫然无措的样子，除此之外，他看上去很平静，神智足够清醒。

"发生什么事了？"他问，他看见二副也在身旁，惊叫道，"我病了吗，先生？"

"是的，年轻人，"二副说，"你昏迷了一会儿，现在最好去躺躺。"

"我现在全好了，先生，"塔米答道，"我想我不……"

"按我吩咐的去做！"二副打断了他，"别总是要跟你说两遍！我需要你时会派人去叫你的。"

塔米坐了起来，摇摇晃晃往舱门走去。我想他是很乐意躺下休息一会儿。

"好了，杰塞普，"二副转身向我喊道，"这一切都是因为什么？给我痛痛快快地说出来，快点！"

我刚要告诉他，他举手打断我的话。

"等一下，"他说，"起风了！"

他爬上左舷梯子，对着舵手喊了起来，然后又从梯子上下来了。

"右舷前转帆，"他大声喊道，然后转过身对我说，"等下你得把话说完。"

"是，是，先生。"我答道，然后和其他船员一起去拉转帆索。

我们先把转帆索拉了上去，然后将其系牢在左舷上，二副接着又派了我们这一班几个船员去把帆松开，然后大声向我喊道："继续说下去，杰塞普。"

我从那艘巨大的影子船讲起，然后又说到那些发生在塔米身上的事——我是说我现在都没弄明白他当时是否真的想跳海，因为，你们知道，我这时开始意识到我当时看到幽灵了，我记起在桅冠往上冒时水面曾动了一下。当然，二副并没有等我分析完再做决定，而是像箭一样飞奔到船边，他想亲自去看一眼，他跑到那儿，低下头看了看海面。我跟在他的后面，然后和他并排而立，不过眼前的海面已经被风吹起了层层波纹，我们什么也看不见了。

"这没用，"他过了一会儿说，"你最好离栏杆远点，免得让别人看见你了。把那些升降索拿到船尾绞盘那儿去。"

从那时开始，一直到八点钟，我们都在忙着把帆升上去。八点钟过后，我才匆匆扒了两口早饭，抓紧时间睡了一觉。

中午时分，我们又回到甲板上去值下午的班。我又跑到船边去看了看，但再也没能发现那艘大型影子船的任何踪迹了。整个当班期间，二副一直让我编船用船席，塔米则在摆弄扁绳，二副叮嘱我要留神塔米的举动。但这孩子一切正常，我从不怀疑这一点，你们知道的。尽管如此——却发生了一件非比寻常的事——整个下午，他几乎没开口。到了四点钟，我们下去喝茶了。

喝过茶后，我们又回到了甲板上，这时我发现刮了一整天的微风还在减弱，我们的船只前进了一点点。太阳快要落山了，万里碧空如洗。有一两次当我向地平线扫视过去时，那种感觉仿佛又回来了——每逢起雾，空气中总会先出现一种反常的轻颤。事实上，我有两次看到一缕薄薄的雾气貌似从海面升起。起雾的地方离左舷不远，除此而外，一派平和的景象。虽然我一刻也舍不得把眼睛从海面移开，但还是没有从大海里找到那艘大型影子船的踪迹。

六点钟过后不久，命令传了过来，全体船员都得去帮着把帆降下来，以备夜晚之需。我们把所有顶桅帆、上桅帆和大横帆都收了起来。

稍后不久,船上到处在谣传,晚上八点钟后要撤掉瞭望哨。这自然在船员中间引发了不少讨论,甚至有传言说:天一黑,首楼门就要关上、闩紧,任何人都不许待在甲板上。

"那谁来掌舵呢?"我听见普卢默问。

"我想他们还会像以往那样让我们去的,"一个人说,"肯定会有一位长官,这样好给掌舵人做个伴。"

除了这些议论外,大家在这一点上达成了共识,那就是——如果这些传言都是真的——船长的决定就是合情合理的,就像其中一人所说的那样:"我们要是在那些该死的夜晚统统都待在舱里,第二天早上可能一个人都不会少了。"

不久过后,八点钟响了。

幽灵海盗

八点钟敲响时，我正在首楼里与另一班的四个船员聊着天。突然，我听见船尾有人在大叫，然后从上面的甲板上传来有人用绞盘棒撞击船板的巨大声响。我二话没说，转身与其他四人一起冲出舱门。等我们跑到甲板上时，天已经黑了下来，但这并不妨碍我看清眼前触目惊心的景象。有一大堆奇异的灰白色的东西沿着左舷栏杆一群一群地从海底拥向甲板，不久就布满了整个甲板。我就这样看着，我发现自己正以一种最奇特的方式越看越清楚。突然，所有正在移动着的灰白色的东西化身为成百上千名陌生人。在暗淡光线的掩护下，它们看上去既不真实又不可思议，就好像奇幻世界里的居民突然来到我们中间一样。我的天啊！我想我不会是疯了吧！一大群活生生的影子凶狠地向我们扑了过来。有些到船尾去点到的船员突然尖叫起来，那叫声划破静寂的夜空，令人毛骨悚然。

"爬到上面去！"有人叫道。但我看了看上面，发现那些可恶的东西正成群结队地向上拥去。

"我的天啊……！"有人刚叫了一半就被那些东西活活弄死了。我的目光从船帆上移到甲板，发现从首楼出来时跟在我身后的那两个船员正在甲板上滚来滚去，拼命挣扎、扭动，根本分不清楚谁是谁。那些残暴的家伙扑在他们身上，他们的嘴里发出模糊不清的尖叫声和喘气声。我站在那里，身边还站着另外两名船员。这时，有一名船员从我们仨身边经过，往首楼冲去，两个灰色人影扑到他的背上，我听到它们杀了他。站在我身旁的两名船员突然跃过船头的舱门盖，沿着右舷梯子向首楼顶爬去。不过几乎在同一时刻，我看到有好几个灰色人影从另一架梯子也爬了上去。接着，我听到那两个人在首楼顶大喊大叫，这声音马上就被一阵巨大的扭打声盖过了。听到这，我转过身去想找到一条逃生之路，我四处打量，心里绝望极了。然后，我连跳两下，跃上猪舍，从那里又跳到甲板室的顶上，把自己放平，躺在那儿屏住呼吸，静静等候。

突然，我发现周围好像比刚才更暗了，我极其小心地抬起头，看见整艘船都笼罩在滚滚浓雾中。接着，我发现离我不到六英寸的地方，有个人脸朝下躺在那儿，是塔米。由于有雾气的掩护，我感觉安全了许多，我慢慢爬了过去。等爬到他身旁时，我碰了碰他，他吓得直喘气。待看清是我后，他就开始像个小孩子似的低声抽搐了起来。

"嘘！"我说，"看在上帝的分上千万别出声！"但我显然多虑了，因为在我们周围的甲板上，到处都是垂死挣扎的尖叫声，这种尖叫声把其他一切声音都淹没了。

我跪着起身，扫视了一圈后向上面看去。我能依稀辨别出头顶的桅桁和船帆，我看着看着，发现所有上桅帆和顶桅帆都被解开了，顺着上升索朝下垂挂着。差不多就在同一时刻，甲板上那些可怜家伙的可怕惨叫声停止了，接下来是死一般的沉寂，在这片沉寂中，我能清楚地听到塔米的抽噎声。我伸过手去，摇了摇他。

"安静！安静点！"我小声提醒他，内心则非常紧张，"它们会听到的！"

在我的提醒之下，塔米努力使自己安静下来，这时，我看到头顶很快竖起了六根桅杆。船帆勉强挂好，我听到下面的船板上传来翻弄束帆索的咔嗒声，我知道是那些幽灵在作祟。

有那么一阵子，周围一片寂静，我小心翼翼地爬到甲板室的后端，往外看了看，但由于周围都是雾，我什么也没看见。我身后突然传来了塔米痛苦、恐怖的呻吟声，只叫了一声嗓子便像是噎住似的，戛然而止。我在雾里站了起来，跑回塔米原先躺着的地方，但那个孩子已经不见了。我站在那里，头晕眼花，真想大喊几嗓子好好发泄一下。我听见上面大横帆从帆桁上脱落的声音，下面甲板上传来了一大批人干活的嘈杂声，此外是一片奇异、非人的寂静！接着，空中响起了滑轮和支架相互撞击后所发出的咔嗒咔嗒声，它们在那里摆弄帆桁。

我一直站在那儿，看着它们摆弄帆桁，接着我发现船帆突然涨满了风。很快，我脚底下的甲板室开始向前倾斜，斜度越来越大，我最后差点摔了下去，慌忙伸手抓住了一个绞盘。我万分震惊，很想知道这到底是怎么了。几乎在同一时刻，从甲板室的左舷侧突然传来一个人的尖叫声，紧接着从甲板的各个角落再次响起幸存者痛苦的嚎叫声，这种声音此起彼伏，令人不寒而栗。所有嚎叫声慢慢汇聚成一种特别刺耳的声音，听了令人心胆俱裂。随之，又传来一阵短暂、孤注一掷的打斗声。然后一阵凉风似乎吹进了薄雾中，甲板已经倾斜得很厉害，我能顺着它往下看。我朝身下的船头望去。第二斜桅直接掉进了海水里，我看着船头消失在海水中。甲板室变成了一堵墙，矗立在我的眼前，我双手抓住的绞盘此刻在我的头顶，我整个人吊在绞盘上荡来荡去。我看着海水漫过首楼顶的边缘，接着冲到主甲板上，哗啦啦流进空无一人的首楼。四周仍有哭喊声响起，是那些水手不知所措的悲鸣。我听到头顶有东西摔倒在甲板室的一角,发出一声闷响,然后我看到普卢默一头栽进了下面的海水中。我记起他本来是在掌舵。转眼间,海水就冲刷到我的脚上,一时间,接连不断的叫喊声,轰隆隆的水流声,汇聚在一起,听了让人心情沉重。我正在快速坠入黑暗之中,为了自救,我松开绞盘,疯狂挣扎,试图屏住呼吸。我耳边传来了响亮的呜呜声,那声音越来越大。我张大嘴巴试图呼吸,我感觉自己就要死了。但就在那时,感谢上帝!我竟然浮出了水面,大口喘着粗气。水刚刚流进了我的眼睛里,一时间我什么也看不见,因为长时间的憋气,我感到气短胸闷,非常难受。渐渐地,我缓了过来,我把眼睛内外的水都甩掉后,这才发现在离自己不到三百码的地方,竟然有一般大船。那船在海上飘着,几乎没怎么移动。起初,我简直不敢相信我的眼睛。然后,当我意识到自己的确还有一线生机时,我就向你们游了过来。

你们知道接下来的事……

* * *

"你想……?"船长刚想发问,但马上停了下来。

"不,"杰塞普答道,"我想不出来,我知道。我们谁都虚构不出来,这事千真万确。人们谈论海上发生的各类奇闻怪事,但这一件不在其列,它是一件真事。你们都曾目睹过一些怪事,也许比我见过的要多。这得看具体情况了。但它们不会被记录在日志中,此类事情从没有过记载,这件事至少不会了，我们要把它记录下来，哪怕不记那么详细也行。"

他缓缓地点了点头，继续说了下去，但接下来的话更多是说给船长听的。

"我敢打赌，"他加重语气说道，"你们会在航海日志中记下这件事，内容大体如下：

"5月18日——西经南纬——下午两点。东南风，风力弱。在船头右舷方向发现一只全帆帆船。第一个夜班时赶上这只船，向它发出信号，但没有回应。轮到第二个夜班时，它仍然拒绝回应我们。大约八点钟时，发现这艘船的船头似乎有点向下倾斜，一分钟后船头朝下，船身直接栽入水中，所有船员全部落水。派出一只小船，救出一名船员，是位名叫杰塞普的一等水手。他对此次海难无法做出任何解释。"

"你们俩，"他对着大副和二副打了个手势，"来签一下名吧，我也得签一下，也许你们船上的某位一等水手也要签一下。这样，等我们回到家时，就可以在报纸上登出一则报道，这艘不适合出海远航的船将会引发人们的热议。也许有些专家会说一些铆钉出了问题，或者船板不牢之类的废话。"

他大笑起来，有一种愤世嫉俗的味道。他接着说道：

"你们知道，要说到这事，只有我们自己最清楚事情的整个经过了——的确如此。那些老水手的话不算数，他们不过是'令人厌恶、嗜酒如命、平庸之辈而已'——可怜的人啊！没人会把他们的话当真，其重要性可能超不过一只该死的手铐。况且，这些可怜人只会在半醉半醒之间才会说出这些事来。他们不会在公开场合下严肃地探讨这类事（因为害怕被人耻笑），只有在一些私下场合，随便说说而已，也不需要负什么责任……"

他停了下来，对着我们扫视了一圈。

船长和大副、二副都点了点头，对他的话表示无声的赞同。

沉默的船

我是"萨安吉尔"号船上的三副,就是我们的船把杰塞普救了起来。杰塞普请求我们把从自己的角度看到的一切简短地记录下来,签上自己的姓名就行。船长派我来做这事,他说我能写得比他好。

呃,事情是这样的。第一个夜班时,我们赶上了那艘船,我是说"摩彻斯特斯"号。但海难发生在第二个夜班期间。当时,大副和我一直在艉楼上观察这艘船。你知道,我们已经给它发了信号,它却不理不睬,这看上去很奇怪,因为我们离这条船的左舷还不到三四百码,更何况那个晚上天气很好。如果那艘船上的人看起来很好相处,我们完全可以来个茶话会。结果他们对我们发出的信号不予理睬,最后,我们把那条船上的人骂成是一群闷猪，就再也没提这事了，但我们并没有把信号旗取下来。

尽管如此，你知道，我们仍然会经常观察那艘船，我记得当时我就觉得这艘船太安静了,安静得有些反常。我们甚至都听不到它的钟声，我对大副说过这事，他说他也注意到了。

大约六点钟时，他们把船帆都降了下来，只剩下中桅帆。我告诉你们，这让我们非常吃惊，我们比先前看得更起劲了，任何一个人都想象得出来。我记得我们当时特别注意到：船上的帆桁倒下来时，竟然没发出一点声响。你知道，我亲眼看见那条船上的船长正在大声喊叫，但我们听不到一点声音，我们本应该能听见他说的每一个字。

然后，正好八点钟要到的时候，杰塞普告诉我们的事情发生了。大副和船长都说他们能看见有人爬上了他们的船，但你知道的，由于天渐渐黑了下来，他们看得并不十分真切。而二副和我有时认为我们能看得清楚，有时又认为我们看不太清，但我们都知道，那船有点不大对劲，它看上去像被一种流动的雾气包得严严实实。我知道我当时感觉十分有趣。当然，在你弄清楚之前，它还不是那种让人特别有把握或谨慎对待的事件。

当大副和船长说他们看到有人登船之后，我们就开始听到那条船上的声音了，那声音起初听起来非常奇特，有点像留声机刚刚启动时的声音。然后,一切恢复正常,我们听到他们在大喊大叫,你知道,即便到了现在,我都不明白自己当时真实的感受。我那时浑身不得劲,心情很复杂。

接下来我记得的事情是,一层厚厚的雾气包围了那艘船,然后所有的声音戛然而止,就好像一扇紧闭的门把声音完全阻隔了,其他人都被挡在了门外。但我们仍然能看见雾气上方露出来的桅杆和船帆。船长和大副都说他们能够看到那上面有人,我想我也能,但二副说他没法确定。但不管怎样,大约还不到一分钟,船帆就全部松开了,帆桁似乎升到了桅顶。在雾气的上方,我们没看到大横帆,但杰塞普说大横帆也被松开了,和上面的船帆一起用帆脚索扣在一起。然后我们看到帆桁在动,随后船帆砰的一声涨满了风。你知道,因为有风,我们的船帆在发出噼啪噼啪的声音。

随后发生的事情最是令我震惊。我看见船上的桅杆在向前倾斜,然后艏柱从笼罩着这条船的雾气中冒了出来。几乎在同一时刻,我们又能听到那艘船上的声音了。我和你说,那些船员似乎并不是在喊叫,而是在尖叫。这时,船尾翘得更高了,不由得让人感到特别意外。然后船头朝下,猛地一头栽了下去,整艘船刚好撞进了薄雾似的东西中。

杰塞普说得没错。我们一看到他向我们游过来的时候(我第一个发现了他),就急忙派出一只小船去把他救了起来。我想我们的速度比以往任何时候都要快。

　　　　　　　　船长，大副，二副和我都要在这签名。

　　　　　　　　（签名）船长：威廉姆斯·纽斯顿

　　　　　　　　　　　　大副：J. E. G. 亚当斯

　　　　　　　　　　　　　　二副：爱德华·布朗

　　　　　　　　　　　　　　三副：杰克·T. 埃文

图书在版编目（CIP）数据

魔鬼海盗 /（英）威廉·霍奇森著；肖惠荣译. ——
上海：上海文艺出版社，2020（2021.7重印）
（域外故事会神秘小说系列）
ISBN 978-7-5321-7588-8

Ⅰ.①魔… Ⅱ.①威…②肖… Ⅲ.①长篇小说-英国-现代 Ⅳ.① I561.45

中国版本图书馆CIP数据核字（2020）第047838号

魔鬼海盗

著　　者：[英]威廉·霍奇森
译　　者：肖惠荣
责任编辑：胡　捷
装帧设计：周艳梅
责任督印：张　凯

出　　版：上海文艺出版社
出　　品：上海故事会文化传媒有限公司
　　　　　（200020　上海市绍兴路74号　www.storychina.cn）
发　　行：上海文艺出版社发行中心
　　　　　（上海市绍兴路50号）
印　　刷：上海中华印刷有限公司
开　　本：889毫米×1194毫米　1/32　印张6.625
版　　次：2021年3月第1版　2021年7月第2次印刷
Ｉ Ｓ Ｂ Ｎ：978-7-5321-7588-8/I·6037
定　　价：35.00元

版权所有·不准翻印

上海故事会文化传媒有限公司 出品（01029）www.storychina.cn

想看更多精彩故事？
扫码下载故事会APP

上海故事会文化传媒有限公司所有图书可办理邮购，免收邮费（挂号除外）
汇款地址：上海市绍兴路74号（200020）；　收款人：上海故事会文化传媒有限公司出版发行部
联系电话：021-64338113
如发现本书有质量问题，请与印刷厂质量科联系 T：021-60829062